千葉雅也著

新潮社版

11647

デッドライン

暗闇《くらやみ》に目が慣れてくる。ほとんど真っ暗な通路の奥へと歩いていく。左右には、やはりほとんど真っ暗な部屋、というか窪《くぼ》みのような、トイレの個室ほどの空間がいくつかある——蟻《あり》の巣みたいに。目が慣れてくると、パンツ一枚の男たちの顔がぼんやりとわかってくる。比較的筋肉質の若い男ばかりだ。一人の男が暗闇の奥へ消えていくと、別の男がその後に付いていく。さらに別の男がその後から付いていく。男たちは連動する。車間距離を測りながら走る車のように、あるいは、群れなして回遊する魚のように。

僕は、わざとのっそりと、男らしさを装《よそお》って肩を揺らして歩いている。ボクサーブリーフの脇《わき》に挟んだコンドームの袋が肉に食い込んでチクチクする。

通路の一番奥には、特別に広い部屋がある。目を凝らして人影を探すと、右手の壁に一人の肉体がだんだん白っぽく浮き上がって見えてくる。さらに暗い左奥にも誰かいるらしい。床には布団《ふとん》が敷かれており、毛布にくるまった、蛹《さなぎ》みたいな一本の身体がある。人々は活人画《し》のように停止し、何事かを待ち受けている。無数の男たちの体臭が染み付いている。醬油《しょうゆ》の臭《にお》いだ。

通路を戻ると、これからその「広場」に行こうとする男が来る。狭いので、すれ違いざまに男の太ももに手がぶつかってしまう。短い髪を立てている。上半身が逞《たくま》しい。瞬間的に惹《ひ》きつけられ、振り返ってその背中を見る。逆三角形のシルエット。すぐ思い出す。前にここでやった男だ。盛り上がって輪郭がくっきりとした胸筋に手を伸ばしながらフェラチオをした。俺はチンコしか感じねーんだよ、と男は言った。

ロッカーのある明るいところまで出て、片隅の灰皿でタバコを吸う。半分も吸わずに消して、また通路へ戻る。途中で小部屋に入り、ドアを開けたまま入口に立って人の行き来を見ることにする。だが例の男が来ないので、痺《しび》れを切らして再び歩き出そうとすると、ちょうどそいつが「広場」の方から足早に出てきたところで、またすれ違いになってしまった。後を追うかどうか迷う。狙《ねら》っている感じに気づかれると悪印象だ。流れの中で偶然の一致が起きたみたいに関係が成立しなければならない。あの男も全体の循環の中にいる。また戻ってくるだろう。流れに従いながら、ある瞬間に、逆行する渦をつくる。その渦をひとつの部屋に引き込む。

後は追わない。別の部屋の入口で待ち伏せする。前にあの男とやった部屋だ。そのときの興奮を思い出す。壁には鏡が張ってあり、筋トレ用の細長いベンチがベッド代わりに真ん中に置いてあって、赤いライトで照らされている部屋。そいつが戻ってきたらすぐ流れに飛び乗って、ある瞬間に体に触れる。そしてその部屋に引き込めるかどうか、だ。

1

駐車場に車を誘導する人がいる。オーライ、オーライと赤い棒を左右に振りながらその人物は後ずさり、僕たちの車を大きな黒いバンの隣に停めさせた。

日差しが眩《まぶ》しく、駐車場に敷かれた砂利がうっすらと青みを帯びている。汗をかき始める。坂道が草むらの中をだらだらと続いていて、その先のコンクリートの階段を上ると堤防の上に出て、明るい緑色の河川敷が一面に広がり、多摩川が向こうに横たわっている。

「こんな感じじゃないの」

隣にいる知子に声をかける。後ろから、盗撮でもするみたいなケータイのシャッター音がして、いいじゃないですかと瀬島くんが平板で高い声を上げる。向こう側に下りてみたい。少し先からKが振り向き、階段のありかを手で示している。白いブラウスを着た知子は腕まくりして、遠くを行き来するフリスビーの軌道を眺めていた。

「どっかで見たような場所がいいんだけど」

環八沿いのロイヤルホストで四人が窓際《まどぎわ》の席に入り、瀬島くんが最初にそう言って、お冷やを一口飲んだ。それで、細かく条件を確かめることもなく、知り合いの近況とかどうでもいいおしゃべりをして、平日なので日替わりランチがあるからそれにして、僕たちはこの河川敷まで車を南下させた。

春になって何度か、僕の車を出して映画のロケハンを手伝っていた。瀬島くんは口下手というか、言いたいことの輪郭がいまいちはっきりしないのだが、今日は最初のシーンにふさわしい場所を探している様子だった。

浪人して一年遅れで僕と同じ大学に合格したKが映画サークルに入るというので、サークルや部活を好まない僕も、小学生が連れションに行くみたいに一緒に入ることになった。同じ学科で同学年の知子が、一年のときからそのサークルにいた。それから半年後くらいに、他大学と合同で企画した古い日本映画の上映会で、美術大学の映画学科にいる一学年下の瀬島くんと出会うことになる。僕は集団行動が苦手だから次第にサークルからは遠のいたけれど、瀬島くんとは付き合いが続き、飲みに行ったり、多少手伝ったりしていた。

そして今年、二〇〇一年になった。

僕と知子は無事に卒論を書き上げ、内部進学で大学院の修士課程に進んだ。僕たちはKより一足先にサークルを引退することになったが、その後も三人は瀬島くんの卒業制作を手伝っている。瀬島くんは、本気で映画監督を目指していた。

僕たちはKの後に続いて階段を下り、遊歩道に立った。

川の縁にある草むらは勢いよく茂っていて、それが僕たちのいまや低くなった視線から銀色の川面《かわも》を半分隠している。

「野球場でしょ、あれ」

知子がその方向にまっすぐ腕を伸ばして言う。鳥の声が僕の頭上を横切る。知子が指している方向に、緑色のバックネットが帆のようにたわんでいた。何かを捕らえようとしているみたいに、定置網みたいに、そこにある。

「今日は、やってないね」

知子が振り向きざまにそう言うと、瀬島くんはわざとらしい仏頂面《ぶっちょうづら》で、投手が振りかぶる動作をしてみせる。

「週末ならやってるんじゃない」

「どっかの球団が使ってたりするのかな？」

野球にはぜんぜん興味がなく、基本的なルールすらおぼつかないのに、そんな疑問文が僕の口をついて出た。そんな言葉の並びが、たんに言葉として思いついたからだ。その間にKは、遊歩道を野球場に向かって歩き始めている。

僕はKから少し距離を取って、道の脇《わき》の草地を歩いていた。そこで僕は、犬のウンコを踏んでしまう。ヌルッとしたから、あれ、と後ずさり、足元を見るとソールの側面までべったりと黒くなっている。僕は飛び退《の》いて、草を踏みつける。この量なら人間の野グソかもな、と思う。

今朝、ドトールでジャーマンドックを食べている最中に舌の脇を噛《か》んだ。食べている最中に頭の中でしゃべると、舌を噛んでしまう。食べる運動としゃべる運動が衝突するから。

横に長い建物を一本の廊下が貫いていて、その両側に教室が並んでいる。階段を上がってから左にずっと廊下を行って、突き当たりにある非常階段の錆《さ》び付いたドアを開ける。そこは喫煙所代わりになっていて、灰皿が置いてある。

長髪の篠原さんが、何か申し訳なさそうな目で、軽く手を挙げておはようと言い、隣にいる安藤くんがケータイを畳んだ。僕もマルボロライトメンソールに火をつけ、暑くなったね、と言って、腕を上げて伸びをする。

「〇〇、発表はまだ先だよね」

安藤くんが僕に尋ねる。

「うん。モースでやるしかないけど」

僕の卒論はフランスの人類学者マルセル・モースに関するもので、院に進んでからも、とりあえず惰性でモースの研究を続けていた。それでいいのかどうかはまだよく考えていなかった。おそらく今学期は、卒論を踏まえて、またモースについて何か報告をする。現状ではそうするしかない。

安藤くんともう一人、たいがい遅刻して来るリョウは、僕を苗字《みょうじ》だけで呼んでくれる。苗字で呼び捨てにされると、恥ずかしさが一瞬湧《わ》き上がる。でも、それに新鮮な喜びがあった。なぜなら僕はずっと、互いを呼び捨てにするような男同士の関係性の外に置かれてきたから。篠原さんは「くん」付けで、その方が安心するけれど。

同じ修士一年のこの三人は、別の大学からここに来た。内部進学の人数は少なく、ほとんどが外部から来た人だった。

篠原さんの髪は肩まであり、アイボリーの半袖《はんそで》のシャツを着ている。麻のシャツだろう。安藤くんとリョウは僕と同い年だが、篠原さんはもう三十近くだ。大学卒業後は演劇をやっていたそうだが、紆余曲折《うよきょくせつ》あってここに来た。専門はヴァルター・ベンヤミンなので、ドイツ語の人。

安藤くんの視線が遠くの方に、すばやく一直線に届く。

まっすぐに僕を見るその視線は僕の頭を通り抜けて、もっとずっと先を目指しているみたいに思える。彼の声は明るく、言葉数は多くない。どこを見ているんだろう。と思うことがある。ミディアムの黒髪で、癖っ毛なのをさらにワックスでくしゃくしゃにしている。安藤くんはフランス映画が専門。僕とはフランスつながりだ。

篠原さんはよく自分の根暗ぶりをネタにして笑いを取るのだが、安藤くんにはそういう面倒な自意識がまるで存在しないみたいだった。あるいは、それをあまりにも上手に押し隠しているのかもしれない。と思うこともある。

非常階段のすぐ手前、右側にある大きな部屋に人が集まり始める。徳永先生のゼミは水曜の五限、十六時半からだ。

先生はいつも疲れた様子で登場する。参りましたね、いやはや、などと言って着席し、それからわざとらしく口角を上げ、どうですか？　と声をかける。何がどうなのかさっぱりわからないが、僕たちも一応、笑顔をつくる。

「では、始めましょうか」

いつも最初に先生が何か中国哲学の話をする。その後で、毎週一人か二人の学生が自分の研究状況を発表し、ディスカッションが行われる。そういう二部構成だった。

徳永先生は立ち上がり、ホワイトボードに向かって立った。禿《は》げそうには見えないが、毛が細くて色が薄い。

蹄筌の故事

と、真ん中に青のマーカーで書く。

これは「ていせん」の故事、と読みます。「蹄」というのは、兎《うさぎ》を捕る罠《わな》で、「筌」とは、魚を捕る「うけ」のこと。この二つの字で、「何かのための手段」を意味します。

さて、『荘子』には、次のような有名な部分があります。ちなみに、人の名前としては「そうし」、書物の名前としては「そうじ」と読み分けることがあります。

筌は魚を捕らえる手段で、魚を手に入れれば筌を忘れる。蹄は兎を捕らえる手段で、兎を手に入れれば蹄を忘れる。言は意を捕らえる手段で、意を手に入れれば言を忘れる。私はそのような忘言の人と出会って言葉を交わすことがどうしてできようか。

喩《たと》え話をしているわけです。

何かを手に入れるための手段は、目的を果たした後は、忘れ去られるものです。忘れてよいわけです。では、言語はどうか。ひとたび「意」つまり「言いたいこと」が伝わったならば、「言」つまり「どう言ったか」、「言った言葉そのもの」は、どうでもよくなるのでしょうか。

ですが、「忘言の人」に出会うのは、困難である。

この「忘言の人」というのは、究極の状態です。従来の解釈ではしばしば、荘子はその状態を理想化している、と読まれてきました。「忘言の人」に出会うのは困難、いや不可能ですが、出会いたいものだなあ、というわけです。

純粋に意味を、意味だけを伝えることができる人。意味が伝わると同時に、言語など燃え尽きてしまうのがよい、というわけでしょう。灰も残さずに、です。

ですが、私はそれは誤読だと思います。

末尾の「どうしてできようか」というのは、「いや、できない」という反語として読むべきです。ここで荘子は、むしろ言語を抹消することの不可能性を言おうとしている。

言葉は、つねに誤解される可能性を持ちます。というより、正しい意味伝達と誤解を純粋に区別することなどそもそも不可能なのです。言葉にはつねに、複数の「解釈」がありうる。それがいわば、言語の不純さです。解釈の次元がつねに介在するということが不純なのです。「忘言」とは、解釈を厄介払いしたい、というわけなのです。

先生は席に戻り、僕たちを見る。無言のままだが、あの疲れを装《よそお》った声で、どうですか？ と聞いている気がする。

しばらく沈黙が続いた後に、

「言いたいことは、伝わらないものなんですか？」

と、名前がわからない他学科の学生が発言した。先生は少し笑い、純粋にはできません、と答える。言葉で言われることは、まあ、すべて嘘《うそ》みたいなものです。言われた時点で、もう嘘なんですね。

「嘘と言われると……イヤな感じがします」

「あ、言い方がよくなかった。すいません。

でも、どう言おうと、そのイヤな感じを払拭《ふっしょく》できないというのが、言語の根本的な不純さに他なりません」

じゃあ、言いたいことがまだ嘘になっていない時点ってあるんですか。と僕は言いたくなったが、僕が手を挙げるより前に、博士課程でフランス現代思想をやっている谷先輩が発言した。

「これって、デリダを想定しておっしゃってるんですよね、純粋な「声」は不可能である、という」

先生はすぐ頷《うなず》いて、咳払《せきばら》いをしてから答える。

「デリダは言語の不純さを徹底的に考えた人です。今回の話は、まさしくデリダ的なものだと言えるでしょうね。

ですが、デリダを念頭に置いて『荘子』を読んでいるというより、逆に、古代中国にはそもそもデリダ的な問いがあったのだ、ということなのです」

変な気分になる。彫りが深くて浅黒いデリダの顔にすり替わった中国の賢者が、山水画みたいな霧深い風景のなかで瞑想《めいそう》している——そんなイメージが浮かぶ。

現代と古代が、西と東があべこべになる。

安藤くんの手元にボールペンが斜めに転がっている。窓の外を見ているようだった。煉瓦《れんが》造りの建物の前に、ふさふさと葉が茂る木々が並んでいた。

ガチャ、と音がしたのでドアを見ると、遅れて入ってきたのはリョウだった。リョウは先週の発表担当だったが、準備が間に合わないというので今週に延期してもらったのだった。印刷したレジュメを抱えている。すいません、すいませんとリョウがその束を手渡した後に、先生は、

「そもそも教師というものは、何も言わないに越したことはありません」

と言って、わざとらしく口角を上げる。

「知り合いの先生なんですが、授業に来ると、始めます、とだけ言うそうです。すると、学生たちが活発に議論し始める。時間が来たら今度は、終わります、と言う。授業ではその二言しか発しないそうです。

では、今日の発表者、始めてください」

先生の隣に座ろうとするリョウに向けて、安藤くんが手を振る。励ましの意味なのだろう。僕は、窓の外の鮮やかな緑色に目をやり、知子は最近来ないなと思っていた。

金曜日の夜、新宿二丁目を南北に貫く仲通りの両側が、若い男たちで賑《にぎ》わっている。

仲通りの真ん中にある、夜はいつも信号が点滅している交差点で、この町のあらゆる出来事が始まりそして終わる。そこで交差している東西の通り——僕はその名前を知らない——の新宿三丁目側の端っこに、ビッグスビルという、目印によく使われるビルがある。都営新宿線の新宿三丁目駅を出て、ビッグスビルの角からその通りに入る、というのが、十八の頃から僕にとって二丁目《ニチョ》に行くということだった。

仲通りに面する店は一見《いちげん》の客でも入りやすいので、ビギナーやお上りさん向けで、冷やかしのノンケも歓迎する、いわゆる「観光バー」が多い。そういう店のひとつでカズマくんが先に飲み始めていた。

遅れて来た僕がソファのカズマくんの隣に座ると、店子《みせこ》がいらっしゃいまっせーと飛んできて、スツールに腰かけ、氷をグラスに入れ、鏡月グリーンを四分の一ほど注ぎ、ウーロン茶で割る。明るい茶髪で、華奢《きゃしゃ》な肩から吊《つ》り下げるようにぶかぶかの白いトレーナーを着て、水色のガラス玉のネックレスをしている。

盛大にエコーがかかったカラオケの声が、あらゆる出来事を押し潰《つぶ》そうとするみたいに空間を満たしている。

おしぼりの向こう側を、米粒ほどの虫が通過するのが見えた。ゴキブリ！　とカズマくんが叱《しか》りつけるような声を上げる。店子が驚いてきょろきょろするので、ほらそこ、そこ、と僕は指差すのだが、すぐいなくなってしまった。

カズマくんは別にタイプではないが、一緒にいてラクだ。

二丁目に通い始めた十八の頃には、ママ同士の交流がある何軒かの店を行き来していたが、カズマくんは、僕が一番よく行く「ひこひこ」さんの店で半年くらい店子のバイトをしていた。でも、連絡を取るようになったのは、高円寺のハッテン場でばったり会ってからだ。

雀荘《ジャンそう》やマッサージ店が入る雑居ビルのワンフロアを迷路のように改造したそのハッテン場で、そこだけが明るい喫煙スペースに入ると、競泳パンツ一丁の姿でタバコを吸っているひょろっとした男がいた。その日は「競パンデー」で、僕もspeedo の小さな競パンを穿《は》いて「半ケツ競パン」状態だったが、顔を見合わせて、あっ、と目を丸くした。お互いタイプでもないので何もしなかったけれど。でも、ケータイのメールアドレスを交換した。

カズマくんは白いワイシャツを着ている。そこだけ見ると仕事帰りみたいだが、下はダメージ加工をしたジーンズだった。何の仕事をしているのかは知らない。元店子なので色々と付き合いがあるカズマくんの飲みは、まるで営業の挨拶《あいさつ》回りのようだ。ここみたいな騒々しい店は僕一人では来ないが、ここのチーママもカズマくんの店子時代の仲間だった。挨拶代わりに一杯飲んで別の店に移る。今日は次に店子のバースデーイベントがある店に行くと聞いている。たぶんカズマくんは、ご祝儀《しゅうぎ》にスパークリングワインを開けるだろう。甘ったるくて飲めたものじゃないやつ。

急に気づいた。隣のテーブルにすごいイケメンがいる。

目にかかる長さの、金までブリーチした髪はサラサラで、ものすごく顔が整っている。ジャニーズのアイドルみたい。ピンと張った肌で、頬骨が高い。肌が張りすぎているからか、笑うと口元に神経質そうな細い皺《しわ》ができる。黒いワイシャツを着て、腕まくりをしている。露出した腕には筋肉の形がかすかに見える。二の腕も太くて、童顔なわりには全体的に重量感のある体つきだった。

――何かアクションを起こさなければ絶対後悔する。

ちょっと、隣のやつ、とカズマくんに耳打ちすると、事態を把握した彼は、僕の脇腹を肘《ひじ》でコツコツと突く。少し考えたが、思い切って言った。

「すいません、あの、めっちゃかっこいいすね」

反応がない。一瞬真っ青になる。だが、聞こえていないのだと気づく。カラオケのせいで聞こえない。僕自身も自分の声がよく聞こえないほどに、カラオケの声もそれを囃《はや》し立てる声も暴力的な音量になっていた。僕はやぶれかぶれに、かけ声を舞台に投げつけるみたいにもう一度言った。

「すいません!」

アイドルはそれでやっと気づいた。すかさず言う。

「めっちゃかっこいいすね!」

彼は苦笑しながら、

「あ。ありがとうございます」

と言って、きょとんとしている。

「ここはよく来るんですか?」

よくある質問。あ、まあ、とだけ言われる。これほどのイケメンが何者なのかすごく知りたい。が、どの時点でどこから踏み込むのなら許されるのだろう。友達と飲みに来てるんだけど、これからどこどこのパーティーに行って……。

彼の隣に親密そうな男がいる。そいつがなんだかニヤニヤしている。敵意を向けられてるんじゃないかと思う。いや、敵意を向けているのは明らかに僕の方なのだが。

「彼氏だったりします？」

と聞いてみた。いや、友達。男は否定する。

それで隣のテーブルとのやりとりは途切れた。気がはやってしまった。じゃ、またよろしく、と言って退《ひ》き下《さ》がるしかなかった。カズマくんがカチッとケータイを開く。

その後、もう一度声をかけるタイミングは得られなかった。カズマくんはメールで次の店に誰が来ているのかを確認している様子だ。

「よっし、行こう」

と言われて、立ち上がりながらちょっと考え、バックパックからノートを出す。最後のページを付箋《ふせん》くらいの大きさにちぎって、ケータイの番号とメールアドレスを書いた。

これ、とアイドルに差し出す。彼は受け取って、頷いた。

始発まで飲んでいた。カズマくんとは午前三時に別れ、僕は最後にひこひこさんの店に落ち着いて昔の店子の噂話《うわさばなし》をした。かつてカズマくんはひこひこさんと折り合いが悪くて辞めたので、一緒に行くことができない。

起きたら昼過ぎだった。今日は授業がないからいつ起きてもいいが、授業があったとしても起きるのはだいたい昼。どの授業も午後からだから。午前中の授業は取らない。そもそもうちの院に午前中の授業はなかったはずだ。

すぐドトールへ行って、ジャーマンドックとアイスコーヒー。その後で一本目のタバコを吸う。タバコは起きてすぐには吸わないようにしている。だから、起きて着替えたらすぐ自転車でドトールへ行かなければならない。午後中そこで勉強して、夕方になったら中華屋で定食を食べる。

結局、あのアイドルからの連絡は来なかった。

ドトールで半日、気もそぞろに、字面を追うばかりの読書をしていた。誰からもメールも電話も来なかった。麻婆《マーボー》ナスの定食を食べてから、部屋に戻ってKに電話。今夜どっか行かない？

と誘う。十一時ぐらいから。

一昨日もドライブに行った。その前々日も。とすると一日おきに行く格好になり、もっと間を置くべきじゃないかと躊躇《ちゅうちょ》した。週に三回も会うのは会いすぎだ。そう思うと、頭の中に鬱血《うっけつ》した部分があって、そこが痒《かゆ》いみたいな感じがする。その一点を無理にぐっと押すように、まあいいや、とケータイの発信ボタンを押した。

意外なのか意外じゃないのか、Kはあっさり誘いに乗ってくれる。今日は別のところにしない？　と提案される。

僕はいま、久我山《くがやま》に住んでいる。井《い》の頭《かしら》線の急行で渋谷から十五分、終点の吉祥寺《きちじょう　じ》の三駅手前。駅のそばで線路と交差する人見街道を東へ少し行ったところに家がある。

Kは池袋に住んでいる。車で久我山から池袋に行くというのは、東京という多重の円環を内側へ入っていくことだ。環八《かんぱち》、環七《かんなな》と二つの環状線を通り、最後には池袋駅の西にある要町《かなめちょう》で三つ目の環状線、環六＝山手《やまて》通りに至る。まず人見街道を東へ進んで環八の高井戸に出る。そして環八を北上し、五日市街道に入ってさらに東へ進み、環七まで行く。今度は環七を北上し、だんだん東へカーブしていく途中で右折すると要町に出て、そこで山手通りを横切ることになる。

Kがいつものコンビニの前で助手席に乗り込む。僕は青緑色の古いフォルクスワーゲン・ゴルフに乗っている。行き先はいつも同じで、CDを持ち寄って音楽をかけながら、川越《かわごえ》街道を埼玉方面へ走っていく。

東京なのか埼玉なのかわからない境目のあたりで、真っ平らな屋根《キャノピー》が白々と輝いているガソリンスタンドが見えてくる。それが必ず忽然《こつぜん》と現れ、火の玉のように通り過ぎていくのを毎回楽しみにしていた。そしてその先にあるデニーズに入って、ノートパソコンを開き、しばらくはそれぞれのことをして、それから夜食を頼み、外が薄青くなってくるまで飽きもせずおしゃべりを続ける。

高校時代から毎日のようにつるんでいるKは、一浪して同じ大学の工学部に合格した。一年遅れだからKはまだ四年生で、卒論に取り組んでいる。本来は音楽の情報処理に関心を持っていたが、研究室の事情で、卒論では音声認識の地味な研究をやることになった。環境に雑音が多くても高精度に人の声を抽出できる「ロバスト」（頑強）な音声認識のプログラムを作るというのが課題だった。院に行くという話もあったが、就職活動をしている様子だった。「ロバスト」という形容詞は、工学の世界では普通の言葉なのだろうが、それがやけに新鮮で便利なものに思える。この論文はもっと「ロバストな論理」にしなきゃダメだ、とか言えるかもしれない——

今夜は埼玉方面ではなく、川越街道から環七に右折して入り、ずっと東へ大きくカーブしていく。東京を時計に喩えれば、池袋は十一時あたりの位置で、そこから針を明け方になるまで動かすとだいたい葛西《かさい》あたりだ。葛西まで行こう。ファミレスがあるだろう。その駐車場で回って戻ってくる。完全なる無駄足。

環七の広い道が、まだ何の形も成していない無垢《むく》の金属のようにどんどん伸びていく。郊外の店の明かりが次々に通り過ぎ、いつの間にか僕たちの車は、緩やかな長い坂を下り始めている。加速を抑え、できるだけ一定のスピードで。すり鉢状の空間の中心へはまり込んでいくように滑って行き、その一番底のところを通過した直後、僕は急ブレーキをかけ、路肩に車を停めた。ハザードがカチカチと鳴っている。

「赤信号だったよ」

うそ？　とKは後ろを振り返りながら言う。

信号無視だった。たぶん赤い光を見た。見たが、通り過ぎている。一瞬で。免許を取って、初めて経験する信号無視だ。どの方向にも他の車が見えず、まるで僕たちしか存在しない夜の中心部をまっすぐに通過したみたいだった。

昨年、二〇〇〇年の秋に、久我山に引っ越した。大学四年で、卒論を書いている途中だった。

引っ越してくれないか、と父から電話があった。父の会社の経営が苦しくなったというのが理由だった。でも、それほど悲観的な口ぶりではなかったから、僕は深刻に受け止めなかった。金銭の重みをよくわかっていなかった僕の感覚でも、そのときの家賃が高すぎることくらいはわかっていた。この先も一人で暮らすのだからランニングコストは下げた方がいい、というくらいに前向きに考えた。

「パパは天才だから、復活するよ」

と、妹が電話で言った。

大学進学のために上京して最初に住んだのは、三軒茶屋から下高井戸へと至る世田谷線の中間地点、上町《かみまち》だった。

合格後の春休みに、家族四人で池袋の不動産屋に行った。大学は池袋の周辺ではないので、なぜ大学のそばで探さなかったのか理解に苦しむが、東京に住むなら三軒茶屋だ、と父が決めつけて、意気揚々と池袋に行ったのだった。

一人暮らしというもののイメージがまったくなかった僕は、利便性を考えることもなく父に従った。

素敵な生活が始まる。と、胸が高鳴っていた。

池袋駅前のチェーンの不動産屋で、三軒茶屋《さんちゃ》から五駅のそこを勧められた。この距離なら三茶へは自転車でも行けますよ、と言われた。それで、面倒だからとタクシーで環七を下り――渋滞のせいで一時間近くかかったが――、世田谷通りを右に入って物件へ直行し、ざっと中を見て、いいじゃないか、いいだろ、という父の勢いで決めた。

上町から二駅目の山下には小田急線の豪徳寺《ごうとくじ》が隣接しており、そこまで出れば小田急線で新宿にも行けるし、下北沢で井の頭線にも乗り換えられるから便利だ。

大家さんは、頭の両サイドにまだ少し白髪が残る、いかにも地主という感じの慇《いん》懃《ぎん》な老人で、福の神みたいに太っている。どうです？　きれいでしょう、と、特注した外壁のタイルをしきりに自慢する。大家さんは近所に住んでいて、家賃は月末に直接持ってきてほしいという。考えてみれば面倒な条件だが、そのときは疑問を持たなかった。

その部屋は十五畳のワンルームで、家賃は十二万円。車の免許を取ってからは、三万円を超える駐車場代も加わる。

大学一年の後期から、キャンパスからの便が良い久我山にある自動車学校に通った。予約した授業を無断欠席するとペナルティのお金を取られるのだが、結局それもだいぶ払うことになった。

今度は自分の決断で、久我山を選んだ。別に何もない町なのだが、免許を取った縁もあるから、なんとなく親しみを感じていたのだと思う。

コストを下げるのが目的なのに、狭いところはイヤだった。どうせなら安くてもっと広いところ。という難しい条件を掲げて、引っ越しを面白いチャレンジにしようとした。結局、前よりは家賃を下げたが、それでも大学生には高いところで、広さが1・5倍、バルコニーが二つもあるという、八〇年代に建てられた風変わりな物件に決めた。

上町の部屋の給湯器はボタンを押すだけだったが、新居は初めて見るバランス釜《がま》というもので、ガスの量を調節するダイヤルを押し込みながら、回すとカンカンと硬い音を立てるハンドルで着火する。左足の膝《ひざ》を上げてクラッチを半分の深さに抑え、右足でアクセルをふかすみたいに。

久我山の部屋に引っ越してから、卒論を書き上げた。

高校時代から、インテリっぽい言葉のカッコよさに――内容は二の次で――憧《あこが》れていて、大学入学後は、現代思想や批評の本を齧《かじ》っては真似事《まねごと》の文章を書き、ホームページに載せていた。第二外国語はフランス語で、ドゥルーズやデリダ、フーコー、ラカンといったフランス現代思想のスーパースターの原書をなんとか拾い読みして、それで一人前に研究活動をしているつもりだった。

四年生になってすぐ、二〇〇〇年の春に行われた卒論のテーマ発表会では、インターネット時代の新たなメディア論をドゥルーズらの思想を使って展開したい、といった気宇壮大な思いを語り、十年早い、研究になっとらん、と学科長に一蹴《いっしゅう》された。だが、何をどうやるのが研究なのかをこの学科で教わった覚えはなかった。

テーマ発表会の後、僕の指導教員はその年に来たばかりの新任の先生に決まった。

徳永先生という中国哲学の専門家で、聞くところではフランス語やドイツ語も堪《たん》能《のう》、デリダに関する論文もある。テーマ発表会にも姿があったはずだが、印象が薄くてよく覚えていない。ごく普通のスーツを着た、何も目を引くところのない地味な中年男性だった、というおぼろげな記憶だけ。

さっそくアポを取って研究室に相談に行くと、対象を絞る必要がありますね、メディア論といっても広いですから、何か具体的にありますか、一週間考えてみてください……というそっけない感じの対応で、困ってしまった。

それで学科長に連絡し、面談してもらうことになった。書架に囲まれ、洋書が古本屋みたいにうずたかく積まれた部屋に入ってすぐ、紫色のクマがあるギョロッとした目で、君みたいなのはね、もっと泥臭いものをやったらいいんだよ、モースの『贈与論』とか、と言った。

それで、そうすることに決めた。

学科長のアドバイスはさすがに深いものだった。というのも、マルセル・モースを読み直すことで、迂回《うかい》してフランス現代思想にアプローチすることになるからだ。モースの情報を集め始めて僕はそれに気づき、俄然《がぜん》面白くなってきた。ドゥルーズやデリダらは「ポスト構造主義」と括《くく》られるが、それは、レヴィ＝ストロースの人類学を代表とする「構造主義」の後《ポスト》の段階である。構造主義とは、社会や文化の人類普遍的なパターン＝構造を抽出しようとする立場だった。

ポスト構造主義ではむしろ、一定の構造からの逸脱や構造が変化する可能性、また、そもそも構造を確定することの困難を強調するようになる。普遍性から逃れる「差異」や「他者」の方へ。それがポスト構造主義の方向性である。

だから、レヴィ＝ストロースはフランス現代思想の父だが、ドゥルーズやデリダらは父殺しを行ったと言える。

ところでモースという人はレヴィ＝ストロースにとって父的な存在の人類学者だ。とすれば、モースはいわばフランス現代思想の祖父のポジションに位置する。レヴィ＝ストロースは、モースの『贈与論』をある仕方で整理した上で、継承した。問題は、その整理で何かが失われたかもしれないということだ。レヴィ＝ストロースもまた、モースという父を殺そうとした。だが僕は、『贈与論』にはレヴィ＝ストロースに抵抗する何かがあると考え始めた。

モースの仕事は普遍性に至る一歩手前に留まっていた、というのがレヴィ＝ストロースの不満である。

『贈与論』は、ポトラッチと呼ばれる、贈り物や無駄遣いの儀礼的な競争の研究で、様々な民族誌の事例を収集している。レヴィ＝ストロースによれば、各地に見られるポトラッチは、普遍的に、人類社会の本質が「交換」であることを示している。だが、モースの説明はいまいち煮え切らないものだった。モースは、すべては交換の中にあると言い切るまであと一歩で、諸事例を重ね合わせるに留まっていた。

僕は、むしろその不徹底が重要なのではないかと考えた。

モースが交換ではなく贈与と呼んで考察したのは、人々が「人類」としてまとめ上げられる手前で、何かを特殊なやり方で贈り、贈られたらしかるべく返礼しなければならないという、場所によって異なる特殊な事実だったのではないか。モースは、事実の特殊性を尊重していたのではないか。

つまり、複数の異なる土地で、違うやり方で生きる人々がいるのだ。差異があり、他者がいる。僕はそのように読むことで、モースをレヴィ＝ストロースから逃がそうとした。

「逃走線、ですね。逃走線を引く」

おおよそできた原稿を見て、徳永先生はすぐにそう言った。ドゥルーズ＋ガタリの用語ですよ。『千のプラトー』です。リーニュ・ド・フュイット。それで行きましょうか。

それで、卒論は「『贈与論』の逃走線」と題された。

2

目深《まぶか》にニットキャップをかぶった年上の男が深夜にやって来て、短時間のセックスをした。挿入はしなかったかもしれない。覚えていない。ベッドの向かいにある冷蔵庫に背を預け、男は白いTシャツをまくり上げて厚く筋肉が盛り上がった胸を剝《む》き出しにし、目を細めて見下ろしていた。

僕はおそらく、こういう目が好きだった。

一対一の匿名《とくめい》のチャットルームで待ち伏せをしていて、その男を捕まえた。体型と髪型を言葉だけで確かめ、それから顔画像を交換する段になる。運良く互いのルックスがＯＫだったから、次には電話番号を教え、家の場所を説明する。「キメるのが余ってんだけど、やるか？」と聞かれたが、断った。その日はもうビールを飲んでいて、酒が入っているとバッドになりやすいとどこかで読んだから。「米」はやらないと決心していたが、状況に流される心配はあった。たまたま酒を飲んでいたから断る理由があって、その偶然に胸を撫《な》で下ろした。だが、あれを使うやつなのかと思うと、興奮がますます高まるのだった。

以前、別の年下のやつにも電話で「米」を勧められたことがある。肌を焼いたギャル男風で、語尾がいちいち間延びした甘えるような口調だった。画像を見てからの電話だったかどうか記憶が曖昧《あいまい》だ。言葉で説明されただけだったかもしれない。だとすれば、ただの理想像だということ。

「米」ってどうなるの？　とそいつに聞くと、ずーっとラッシュが効きっぱなしな感じで、ケツ掘られるとションベン漏らしちゃうよ、と言う。ずいぶん気楽に言うが、そもそもあれは、数ミリグラムの差でオーバードーズに陥りかねない幻覚剤のはずだった。それを弱く使うことで媚薬《びやく》にしている。

吸収を良くするために、まず空腹状態でグレープフルーツジュースを飲む。それから耳かき一杯の量を経口摂取し、一時間後に「通過儀礼」が始まる。悪寒《おかん》やめまいが来るが、何も考えないようにして我慢するしかない。そこを通過してやっと、性的な感覚が異常に高まってくる。効き過ぎてヤバい状態に入ったら、デパスなどのベンゾ系抗不安剤で「落とせる」と言われている。掲示板には、「腰から下がドロドロに」なり、途中で自分から相手のゴムを外して朝まで何発も種付けされた――といった話が、まことしやかに書き込まれていた。恐ろしかったのは、もう生でやっちゃえ、と一線を越えることだ。あってはならないが、そうなったらサイコーだ。

とにかくＨＩＶが、それだけが怖かった。他の感染はどうでもいい。治せるから。生でケツをやった経験は、挿《い》れられるのも挿れるのもない。フェラチオはゴム無しだったので感染がわずかにありうるのが気になっていたが、間違いなく粘膜を傷つけるアナルセックスのリスクはその比ではない。

自分から生でやる程度で済めばマシなのだろう。数ミリグラムの差で幻覚剤が本領を発揮し、完全にブッ飛んでしまったら、犯されようが盗まれようが殺されようが、何をされてもきっとサイコーなのだから。

火曜日の午前中、知子は自宅でメールを待っている。知子は指導教員の佐々木先生のティーチング・アシスタントをしており、火曜の午後一番の授業の前にレジュメを印刷し、教室へ持っていくのがその業務だった。忙しい佐々木先生は当日ぎりぎりにデータを送ってくる。何時になるかわからないので、午前中は空けておかなければならない。

用紙のダンボール箱が積まれた一角でA3の束を持ち上げるときに、先週、知子は指を切ってしまった。厚さ4センチほどの束からはみ出ていた紙の端が、スッと右の人差し指の付け根に当たって、高い音が鳴るように痛みが走った。だから今週は、ひじょうに慎重に、指の内側が決して紙束の端に当たらないようにと手を膨らませて包み込むように持った。そのときに、今度は肘《ひじ》のあたりが、開封されたダンボール箱の縁に当たって擦れたので、焦《あせ》ってそこを見ると、切れてはいない。だが、気を取り直して紙束を持ち上げるときに、底の方の紙が腕首に当たって、痛みが走った。あれほど気をつけていたのに、むしろ気をつけていたからこそ、また切ってしまったのだった。無言のうちに告げられていた予言が、その通りに実現されたかのように。

佐々木先生は元々は十九世紀フランスのマイナーな小説家を研究していたが、じきに範囲を広げ、哲学思想から映画やサブカルチャーまで論じるようになり、最近は小説も発表していて、皆の憧《あこが》れの的だった。この学科は、そういう通常は奇人と言うべき人が理想とされるような環境だったから、ひとつの専門《ディシプリン》を歯を食いしばって身につけなければならないという、実は佐々木先生にしても一度は通過したはずのプレッシャーがきちんと機能していなかった。

卒論の時期のいつかの飲み会で、院に進むかどうかを話していて、僕たちは知子の事情を聞いた。知子の実家は母方の祖父が興《おこ》した呉服屋で、祖父は経理、表で営業をするのは祖母という分担だったが、それを現在は知子の父と母が継承していた。だが、次の世代は家業に興味がなかった。親の期待以上に学業に秀《ひい》でた知子は東京へ進学し、佐々木先生のような例外的な学者に憧れて文学やアートの間をふらふらしていて、将来がはっきりしないままだった。知子には弟がいるが、やはり家業には興味がなく、東京に出たいだけだったのか、特段の理由もなく仏教学部に入って、合コンとクラブ通いばかりの生活をしているという。

知子は語学が得意で、フランス語がかなりの水準に達したので、徐々に文学に傾倒していった。小説は語彙《ごい》が多いから、本を読んでいるのか辞書を読んでいるのかわからなくなるときもある。それでも、それが楽しい。現在は、カリブ海のフランス語圏植民地の文学が一応の専門になっている。

知子はこつこつと努力するのが得意なのだ。なのに、というか、だから反対に行きたいんだろうな、と僕たちは思っていた。ふらふらすることにかけては年季が入っている篠原さんは、早いうちに何かに集中した方がいい、と意見を伝えていた。周りのそんな空気もあってか、最近はこもって勉強しているみたいで、徳永ゼミにはときどきしか来なくなった。

学生の自主性に任せるというより、何のカリキュラムもない。先輩後輩の関係もゆるいし、何も強制されない。

上に何か重しがあるかと言えば、佐々木先生みたいな飛び抜けた存在はあってもそれは重しの正反対で、この学科は天井が完全に突き抜けているような状態だった。重しが必要なのだ。押しつけがましい環境も大変だろうが、重しを自分でどこからか調達してこなければならない、というもっと難しいことを暗黙裡《り》に強いられていた。僕たちはだんだんそのことに気づき始めている。

徳永先生が例によって大儀そうに教室に入ってきて、パンパンに張った鞄《かばん》をいったん机に置き、ため息をついて、鞄をまた持ち上げ、椅子《いす》の上に移した。僕たちを眺め、例によって、どうですか、と言いながらゆっくり腰を下ろす。

「始めます、と言うだけで済めばありがたいのですが」

目をしばたいて、また僕たちを見る。

魚が泳いでいる、楽しそうだ。

と、言うんです。荘子が、です。川のそばにいて、魚がチラチラ見えるんですね。「鯈魚《ゆうぎょ》」とあるのですが、これは日本だと、「はや」という魚のようですね。

荘子と恵子《けいし》が濠水《ごうすい》のほとりに遊んでいた。荘子が言う。「鯈魚が出《い》でて遊び従容《しょうよう》としているが、これは魚の楽しみである」

こんな風に始まります。さて、ここに恵子という人物がいまして、荘子にこう言うんです。

「あなたは魚でないのに、なぜ魚が楽しいとわかるのか」

まあ、ありがちですね。そこで荘子は、これとまったく同じロジックによって答えます。

「あなたは私でないのに、どうして私が魚の楽しみをわからないとわかるんだ」

先生は肩をすくめてみせる。教室から笑い声が湧《わ》いた。

すると、恵子もまた同じロジックを繰り返します。

「私はあなたではないから、むろんあなたのことはわかりません。ならば、あなたも魚ではないのだから、あなたが魚の楽しみをわからないのもそうじゃありませんか」

完全に袋小路だ、と僕は思う。先生がまた口を開く。

この後、荘子は次のように言います。

もとに戻ってみよう。あなたが「お前は魚の楽しみがわからない」と言うのは、すでに私がわかっていることをわかっているから、問うたのである。私はそれを濠水の橋の上でわかったのだ。

どうですか、と先生は問いかける。

私は、橋の上でわかった？――それじゃ反論になってない。とは思う。でも何か変な感じがする。荘子には、恵子には見えていないものが見えている気がする。

「自己と他者は別々だから、互いの内面はわからないということですよね」

と、とりあえず僕は聞く。

そうです。まさに恵子はそのロジックで、それを荘子の方でも反復しているということですね。

「俺はわかったんだ、っていうのはごり押ししてるだけじゃないんですか？」

リョウがいくらか鼻声でそう言って、それから僕をチラと見た気がした。僕はとっさに付け加える。

「でも、戻るというのがどういうことなのか……」

そこです。どこに戻るのか、です。

谷先輩が手を挙げながら言う。

「――これって、いわゆる証言の問題ですよね？

誰かが何かを見た、それは事実だ、と証言しても、極論で言えばそれは他者には伝達できない。人によって言うことが違う。だから、事実認定は全部主観的で、客観的には共有できないってことでしょうか」

リョウがそれに続ける。

「共有したいわけですよね。でも、俺はわかったんだ、って自分の体験に戻っちゃうんだとしたら、客観性はどうなるんですか」

先生は大げさに両腕を広げ、まあまあ、となだめるような身ぶりをしてから、言った。

「その「客観的に共有」というのが問題なのです。まあ、客観的というのはそもそも、閉じられた主観との対になっている概念なんですね」

すぐには飲み込めない。先生はいま、だいぶ高度なことを言おうとしている。先生の思考が、僕たちよりもずっと速いということに気づく。

橋の上で魚を見たんですよ。シンプルな事実に戻るんです。それは、見たからには明らかだ、ということでしょうか？　自分の体験は絶対だ、ということですか？だとしたら、それは自己に閉じることであって、恵子のロジックと同じになってしまう。自己と他者はそれぞれ閉じていて、だから通じ合うことはできないというわけです。

「だとすれば」

と言って、先生は窓に目をやった。外では若々しい声が騒いでいる。先生の意識はもうすでにこの教室からいなくなっているんじゃないか。僕はその視線をなんとか捕まえて、こちらに引き戻そうともがくような気持ちだった。

「だとすれば、橋の上で魚が楽しそうだとわかったということ、このことは、それは自分には明らかだ、という意味とは別の仕方で解釈されなければなりません」

そして先生は僕たちの方に向き直り、もう一度言った。

「別の仕方で」

ゼミの後に、安藤くんとリョウと飲むことになった。

下北沢の駅は、ちょうど仕事帰りの人でごった返している。南口の階段を降り、広場に出て、マクドナルドがある入口から南口商店街を歩いていく。

「野郎っぽいとこ行こうぜ」

と、リョウが言う。やだよ。汚い店がいいとかいう趣味ないから。普通にお洒落《しやれ》なとこがいいから。女の子が喜ぶような。僕は吐き捨てるように言って、二人を苦笑させる。

女の子が喜ぶような店は、ビストロ風のところと、生牡蠣《なまがき》の店と二軒知っていたが、どちらを覗《のぞ》いても満席で、安藤くんによれば「チェーンだけどがんばってる」という居酒屋に入ることになった。

靴を脱いで、掘りごたつみたいな席につく。

「どうよ最近」

と、生ビールを頼んでから安藤くんが話し始める。お通しが出てくる。さつま揚げなのだが、ちょっと酸《す》っぱい味つけで、悪くなってるみたいな気がしてしまう。細く切ったゴボウも入っているが、ゴミみたいだと思う。

「安藤くんは、やること決まってるんだよね」

僕はそう言って、箸《はし》で切ったさつま揚げを飲み込む。喉《のど》がイガイガする。

「とにかく作品から考える。とにかく何度も観《み》てる。で、どうするかだね」

安藤くんは、修士論文では一人の映画監督を論じようとしている。全体を把握できるよう、それほど作品数の多くない監督を選んだとのことだ。リョウは目を細めて、せやなあ、と怠《だる》そうに言いつつビールに口をつけ、

「どうにでもなるっしょ。で、安藤は、彼女は？」

と、不真面目《ふまじめ》な方に話を向け変える。

彼女。彼女ねえ、まあ酒が入ってから……と、安藤くんが受け流している間に、僕は少し距離のある隣のテーブルに目をやっていた。上下とも白のジャージを着た、坊主《ぼうず》に近い短髪の男。その男が店員を呼ぶボタンを押し、ピーッと鳴る。ガサガサと紙袋を揺するように笑っている。向こうは男四人で、顔つきも言葉も男っぽくて、なんとなく見てしまう。

「お前はどうなん」

と、安藤くんが穏やかにリョウに聞く。

「一人やれた」

道玄坂《どうげんざか》の脇《わき》の小道で、酔っているみたいで一人でケータイをいじっている女がいたから、声をかけた。すぐそばのバーで飲み直すことになり、円山町のホテルに誘うことに成功し、セックスをした。

という報告に、へええ、へええ、と、安藤くんはしきりに感心している。リョウが、女を見つけてしかるべき臨戦態勢になっている、その目つきを想像してみる。

ジャージの男は、向かいにいるパーマの男と笑い合っていた。毛先を白に近い金髪にブリーチしているが、根元は黒髪が伸びてきているので二色になっていて、陰毛みたいにチリチリのパーマ。青いポロシャツのボタンを開けていて、シルバーのネックレスが見える。

リョウの髪はゆるいウェーブのパーマで、ブリーチはしておらず黒髪。顎《あご》には無精ヒゲがある。

男たちは何を選んで身に付けているのか。白のジャージはKappaだ。ポロシャツはたぶんラルフローレン。ネックレスがどういうタイプのチェーンなのかもよく見ておく。写真を撮りたいくらいだが、我慢する。

着信音が鳴り、ジャージの男がケータイを開く。おう、おう、と相づちを打ちながら、何か次に取るべき行動を指図している。口調が鋭い。一言ごとに裁ち落として道端に捨てるようにしゃべる。ノンケの男だ、と思う。その調子を聞いているだけで勃起《ぼっき》しそうになる。

半分まで減ったジョッキに手を伸ばすと、リラックスした安藤くんが、

「○○はステディな人っていまいるの？」

と、僕を見る。安藤くんもノンケなのだ。僕は、安藤くんもリョウも実はちょっと怖い。

ステディな人。というのはいかにも紳士的な言い方だけれど、彼氏って言えばいいのにと思う。そう直接に言うより僕を尊重しているつもりなのだろうか。

「いないよ」

と、答える。テキトーにやってる、と付け加える。

安藤くんはイケメンだ。でも、別に性的に惹《ひ》かれるわけではない。理由はよくわからないけれど。

池袋に住んでいる男がいた。Kと同じく池袋。そのときは電車で行って駅からしばらく歩いた。要町の方だった。

その少し前の夕食のとき、ご飯を噛《か》んでいて下唇を噛んだ。グキッと残酷な音が

した。食べている途中に頭の中に言葉が溢《あふ》れていた。悪い予感がしていた。前にもこういうときに舌を噛んだな——と思い出しているその最中に、唇を噛んでしまった。

ひどく落ち込む。フェラチオができないからだ。

通常フェラチオでＨＩＶをもらうことはまずない。が、口に傷がある場合は別だろう。舌や唇を噛むということは、傷が塞《ふさ》がるまで男遊びができないということを意味する。池袋の男に連絡しようと思っていた。が、唇が治るまで待たなければならない。どのくらい時間を置けば大丈夫なのか。二日あれば塞がるだろうか。それで、三日か四日目の夕方にメールして、会いに行った。

バックパックを置き、ふかふかした座椅子に座る。コップに緑茶をついで持ってきてくれる。仕事はどう、忙しい？　とか他愛のないことを言う。会話はどうでもいい。あるタイミングで体に触れて、誘うだけだ。やればいい。

男は紺のジャージのハーフパンツを穿《は》き、黒のタンクトップを着ている。その少し毛の生えた太ももに手を伸ばすと、

「——俺、最近、女子高生好きなんだよね」

と言われ、僕は困惑する。

こういうのとかさあ、とホコリだらけのリモコンのボタンを押すと、テレビにこちらを向いた茶髪のロングヘアの女性が大写しになった。誰かの正面に座っていて、何か答えているところだ。年齢とか、好きな食べ物とか。

「どういうエッチが好き？」

と、画面のこちら側に存在する男の低い声が尋ねる。

それからセーラー服を着たその女性は、顔が画面外にあって映らない男性に後ろから抱かれ、大きく張り出した胸を揉《も》みくちゃにされる。僕はその映像に構うことなく、男を横目で見ながらしつこく太ももに触り、胸の筋肉にも手を伸ばし、首筋に軽く唇をつけて、やろうよ、と言った。

男は困ったような表情だったが、根負けしたのか、あんた、かわいいな、と言った。そして髪を撫でた。

床に敷かれた布団《ふとん》に移って、しゃぶり合いをした。今夜は挿入をせがむことにした。男は渋ったが、面倒そうに立ち上がってローションとゴムを持ってきた。丁寧に指で広げてから挿れたので、それほど痛くはなかった。男は挿入したまま射精し、ゴムを捨てた後に、手で僕をイカせた。

鍵置《かぎ》いとくから、好きに寝てていいよ。

「鍵、どうしたらいいの？」

と聞くと、ポストに入れといてと言う。でも結局、始発で帰るよ、と言った。そして二人で少し眠った。

3

小雨が降っているのでビニール傘を差し、いつもと同じような、もしかしたらときどきは違うのかもしれないグレーの背広を着た徳永先生の後を付いていって、食堂の隣に最近建ったばかりのコンクリート打ち放しのホールに着いた。そろそろ梅雨入りする時期だ。

今日はフランスから来ている女性のスピノザ研究者の講演会で、ガラスのドアに張られたポスターに「スピノザ——あらゆる裁きの彼方《かなた》に」とタイトルがある。

「アルトーやな」

と、すばやくリョウが指摘する。精神の病と闘っていた詩人のアントナン・アルトーには、『神の裁きと訣別《けつべつ》するため』という、苦悶《くもん》に満ちた、深く哲学的なテクストがあり、確かドゥルーズもそれについて書いていたはずだ。

徳永先生は、この春に文科省の大型予算で設置された「現代哲学研究センター」の運営に関わっている。その主な活動は海外の研究者を招いて研究会や講演会を行うことで、僕たち院生も準備や接待をよく頼まれていた。

センターのトップに据えられたのは、僕らの祖母くらい高齢の女性のヘーゲル研究者で、晩年のハイデガーとも交流があったという、世界的に顔が利《き》くノイマン敏子。この人選は学界でちょっとした話題になった。名誉職だから大学にはほとんど来ないが、ポスターによれば今日のイベントではコメンテーターを務めることになっている。

僕たちは少し遅れて到着し、ホールを密閉する重い扉を開けると、すでにそのフランス人の声が響いているところだった。赤いカーディガン、赤いセルフレームの眼鏡。小柄な女性で、年齢は六十になるかならないかぐらい。

使用言語は英語だった。ネイティブじゃないから単語がブツ切れになってしまい、かえって聞き取りやすい。

「スピノザでは、すべてが神の「表現」だとされます。

人間も猫も、プラタナスの並木も、このマイクもホールもすべては神のうちにある。

いや、すべてのうちに神があるのです」

そう言いながら、パワーポイントで図を示している。

大きな円が点線で描いてある。その中に、実線の小さな円がいくつかある。

人間やその他存在するあらゆるものが小さな円で、それらを囲む大きな円が、神だという。スピノザ的な神は、万物の彼方にある「超越的」なものではない。神は万物とイコールなのだ。神はいたるところに遍在している。

「神は、すべてに染《し》み渡っています」

なるほど、だから大きな円は点線なのだ。染み渡る。だから、神は閉じた境界線を持たない。

……神、とは言いますが、これは宗教における超越的な神とはまったく異なるものです。スピノザの神は「内在的」です。スピノザには「神すなわち自然」という名高い言葉がありますが、スピノザの神は、すべてを貫いて永遠に循環し続ける自然のエネルギーなのです。永遠の自然です。

何か横で動きを感じる。リョウのパーマヘアが揺れているのだった。居眠りで船を漕《こ》いでいる。僕はバックパックからペットボトルを出して水を飲んだ。

「神すなわち自然は、何も命令しないし、何も禁止しません。スピノザの神は、何事も裁きません」

という結論で、講演は終了した。拍手が起こった。

「そこで質問なんですけども」

と、拍手が止《や》むやいなや、舞台左手の椅子《いす》にいたノイマン敏子が口を開くのだが、マイクが入っていない。センターのスタッフがすぐ立ち上がって手でそれを知らせると、ボツ、と大きな音が鳴った。

「あ。あ。入ってますね」

……えー、そこで質問なんですけども。スピノザの場合はね、永遠なんですからね。で、動的な時間性はどこから来るわけですか、動的な時間性なんてものは虚妄？

そう興奮気味に言いながら、靴を脱いで椅子の上にあぐらをかく。足を上げる瞬間に、パンツが見えちゃうのではと不安になったが、大丈夫だった。ノイマン敏子の言葉は一気に走り出し、追おうとする僕をどんどん引き離していく。

言いたいことはこうです。

もちろんわたくしの場合はヘーゲルですから、ヘーゲルとスピノザの対立というきわめて伝統的なですね、それを蒸し返すわけですけれども。あなたは現代の、現代のですよ、スピノザ研究者としてその伝統的なところをどう見ていらっしゃるのか。ヘーゲルの場合は「否定性」がすべてを動かします。AとAでないもの、その矛盾が世界を駆動する。否定性が、時間のダイナミクスそのものであるわけです。

日本語でそう一気に言ってから、自分で英語に翻訳した。

「スピノザにも否定性はあります」

と、フランス人が静かに返答を始める。

神においては、すべては肯定的です。ですが、個々の事物が他を否定することはあります。

たとえば、生牡蠣《なまがき》を食べてお腹《なか》を壊すことがあります。ウイルスのせいですね。そのウイルスの働きは我々の身体を否定する、と言えましょう。

ウイルスと我々の身体、というような自然の中の「部分」では否定性が働いており、ゆえに時間が進展します。ですが、自然の「全体」すなわち神は、ひたすら肯定的なのであり、永遠の存在なのです。永遠が、時間を包んでいるのだとも言えましょう。

「その永遠自体が、引き裂かれることはありませんか」

と、掠《かす》れた男の声がした。徳永先生だった。

ノイマン敏子はそれを無視して言う。

「わたくしが言いたいのは、神よりも時間の方が根本的だということです」

ゲストは眼鏡を外し、目を細めて会場全体を眺めた。

「引き裂く、というのがわかりません」

そうか、と僕は思った。時間が引き裂くんだ。

その後は下北沢に移動して打ち上げが催された。徳永先生が懇意にしているイタリアンの店に行った。よくお供をする僕は、そこの料理の味をだいたい覚えてしまっていた。

スパークリングワインが全員に行き渡り、徳永先生が乾杯の音頭《おんど》を取る。僕の隣には知子がいる。話しかけようとしたら知子のケータイに着信があり、ちょっとごめん、と言って外に出ていき、そしてすぐ戻ってきた。

「——あの、聞いていいのかわからないけど」

知子はデニムスカートのポケットからタバコの箱を出して前に置き、すぐまたポケットに戻した。今日は吸えない。お客さんがいる会だから禁煙なんだ、と思い出したらしい。

「何？」

「〇〇くんの実家の方、大丈夫？」

知子にも事情は話していた。

「なんとかなるんじゃないかなあ。なるようになるよ。でもなるようになるんじゃ困るんだけど」

そう言って、リョウなら何を聞かれてもテキトーに流すよなと思ってリョウの姿を探したが、見当たらない。下北に着くまで電車の中にいたはずだ。ドアに寄りかかっていたような気がする。でもその記憶は曖昧《あいまい》だった。もっと早くに帰ったのかもしれない。

「私はまたあの話よ」

「あー」

実家の問題だ。跡を継いでほしいとほのめかす愚痴が母親からときどき出る。口の端に吹き出物が出るみたいに。

「向いてるって言うのね、私、金持ちに好かれるから」

「ああ、僕もそうかもな」

「そうだと思う。じゃ、○○くんに継いでもらおっか」

と笑い、知子は細長いワイングラスを持ち上げる。

悪意というものが、知子にはわからない。すごく深いレベルで。それは僕もまたそうだからわかる。金持ちに好かれるというのはそういうことだ。金持ちの周りには、ニコニコしながら隙《すき》を突こうとする連中が集まってくる。だから金持ちは、利害に疎《うと》そうな人間を敏感に察知する。金持ちって、どこか間抜けな人にお金を出すものなのよ。儲《もう》けるには、物欲しそうにしないこと。いいわね。と、母は娘に家訓を伝えたのだとか何とか。

始めます。きらびやかな反物を一点、これから捌《さば》かれる鮮魚のように目の前に横たえる。いいわねえ、このあたりの青み。この深い紫、夕方の空みたい。次にもう一点。そしてもう一点と、映画のシーンが切り替わるように色彩と模様の劇がおのずと展開していく。終わります。

「これいただくわ」

それだけで済めばありがたいのですが。

ガタッと音がした。モン・デュー、とフランス人の悲鳴《おおかみよ》が上がる。徳永先生が立ち上がった。ノイマン敏子の首が真横に倒れ、白目を剝《む》いて、隣のフランス人にぐったりともたれている。口の端から泡がこぼれている。

救急車！　救急車！　と誰かが厨房《ちゅうぼう》の方へ叫ぶ。マスターが大慌《おおあわ》てで出て来る。するとその首がまたまっすぐに立ち直り、ノイマン敏子は目をぱちくりさせ、大丈夫よ大丈夫、と言ってワインの残りを飲もうとするので、ダメです、と徳永先生が制した。お水持ってきてください、と僕は叫ぶ。

「なんでしょう。お酒弱くなったわね」

苦笑いしている。病院に行きましょうと言っても頑として拒否する。では、お宅までお送りしましょうかと言ってもそれも拒否し、ムッとした表情になる。それで徳永先生が渋谷までは付き添うことになった。そこからは一人で行けますから。大丈夫、ぜんぜん。

雨は上がっていた。湿気のせいで髪がうねるのが鬱陶《うっとう》しい。下北の駅まで、僕は知子と並んで歩いていった。

「会社を継ぐって、考えなかったの」

「ああ。「継ぐ」なんてのはないって言われたから。やりたいなら一社員からだって」

知子はタバコに火をつける。駅はすぐそばだから、一本吸う余裕もない。僕は立ち止まる。知子も立ち止まる。他の人々は駅の階段を上っていく。お疲れ様です、と二人は声を揃《そろ》えて言った。僕もタバコに火をつける。

ケータイを見ると、着信があった。すごく明るくなっている。十一時だった。寝ていて気がつかなかった。知らない番号だった。普段ならドトールに行ってから一本目のタバコだが、とりあえずタバコを吸って、誰だろうと考える。

あのアイドルか？

と一瞬舞い上がったが、いやいや、もうだいぶ前だからありえないだろう。不審に思いながらかけ直してみると、

「よう、わかる？」

と、いきなり馴《な》れ馴《な》れしく言われる。凍りつく。全然わからない。

「――誰？」

と責めるように聞くと、

「前に会ったやつよ、神社でやったろ？　それでそっちのウチに行って」

記憶の奥の一点が反応した。長い襟足がキャップからはみ出している。焼きすぎて荒れた肌。するどい顎《あご》。

「あの、「職人」だって言ってた？」

「そうそう、そうよ。元気そうじゃねえか」

僕はあっけにとられていた。

――いやな、お前、なんかヘンなやつと会ってない？　ミョーに服いっぱい持ってて、料理とかこだわっちゃってるやつ。そいつの噂《うわさ》で、大学院行ってるのがどう

のとか聞いたんで、お前じゃねえのと思って。あれ、ヘンなビョーキ持ってるらしいからよ、気をつけろよ。やらないほうがいいぜ？

鳥肌が立った。誰のこと？　あの池袋の男は……違う。あいつじゃない。もっと前の話だ。服好きで料理好きで、というのが確かにいた。物が多くて薄暗い部屋だった。その男と確かにやった。

「やっちゃったか？」

挿入はしなかった。しゃぶり合いまではした。HIVはフェラではまず感染《うつ》らないし、病気って他に可能性があるだろうか。時間は経《た》っていて、体に変なところはない。言われてみれば一風変わった雰囲気の男だった。

香水の匂《にお》いが、二十歳の頃に初めて付き合った男と同じだった。柑橘《かんきつ》の爽《さわ》やかな香りがベースだが、アールグレイみたいなスパイシーな感じがある香水。

メールで教えられたプロフィールでは二十代だったが、ベッドサイドの白熱灯に照らされた口元の感じで、まず間違いなくサバを読んでいるとわかった。

久我山駅前の商店街の坂を北へ上っていくと、途中で中学校の裏手にぶつかるのだが、そこであみだくじのように迂回《うかい》して脇道《わきみち》に進めば井《い》の頭《かしら》通りに出る。そのあたりに自動車学校があり、東の方に歩けばドン・キホーテがある。急に電話をかけてきた男は、上町の部屋に招き入れた夜に、井の頭通りのドンキで何でも買ってる、あそこは何でもあるな、と自分の自慢みたいに言っていた。トレードマークの黄色い塗装は色褪《いろあ》せて、風車を模した飾りは落っこちてきそうな、皮膚がガサガサになったみたいに古びた店舗だったが、所狭しと物を積んで迷路のようにするというやり方が、まさにそのみすぼらしさにぴったりだった。

久我山に来てから僕はそのドンキで、オレンジ色のプーマのジャージを買った。Oサイズ一種類しかなく、僕には大きくて、腕も足元も布が余っている。滑らかで光沢のあるオレンジ色のナイロンが畝《うね》をつくっていやらしく光る。それに身を包むだけで十分に自慰ができたが、それを着て男とやったら、どんなにすばらしいだろう。

ある時期に、僕はファッションを変えた。

九〇年代の後半には、肘《ひじ》が出っ張ったジャケットとか、襟が透明なビニールのシャツとか、新進のインディーズブランドの前衛的な服を着ていた。高校時代までの僕は、八〇年代からのDCブランドのスーツを着たりしていて、一度も若者らしいカジュアルを通過していなかった。普通の男子になることができなかった。普通であること、男子であることが、僕にとってずっと巨大な謎《なぞ》なのだった。

大学二年の頃に、高校時代の同級生が、わざと「アホ」な格好をして秋葉原に集まるという企画を立てた。そのときに僕は、アディダスの紺のシャカシャカしたジャージを穿《は》き、上にはオーバーサイズの白のVネックのニットを着て、つや消しのシルバーのネックレスをし、皮膚が一時的に茶色になるフェイク・タンニングのローションを塗って行った。靴はニューバランスで、やはり紺色。当時「Vボーイ」と呼ばれた感じのつもりで、それは、本当にそうなることができたらどんなにすばらしいだろう、と思う格好だった。

その格好は、僕や友人たちの価値観から言えば「アホ」なのだが、企画の趣旨には反している。「アホ」な格好というのは、自分の欲望に反する格好ということだ。やりたくない格好をして恥をかこう、一緒に恥をかくことで男同士の連帯――高校は男子校だった――を強化しようというわけだ。確かにあの格好は恥ずかしかったが、それは、強烈に欲望しているからこその恥ずかしさであって、恥ずかしいからこそ気持ちよくなっている自分を、つまりマゾヒストとしての自分を、友人たちの前に曝《さら》したことになる。

本当に普通の男になりたいのだったら、自分の欲望とは無関係な格好をすべきだったのだ。でも、僕はその手前で立ち止まり、「普通の男に見えるイメージ」に憧《あこが》れて、そのイメージを仮設し、それに欲情してしまう。

あの格好はどこで買い揃えたのだろう。とにかく上町時代だ。久我山の自動車学校に通うときにドンキを覗《のぞ》いたこともあったかもしれないが、そこで買ったとは思えない。靴だけは覚えている。環七と世田谷通りの交差点を三茶方向に行ってすぐの靴屋だった。どのブランドにするか迷った。お金がもったいないので、普段も使えるものにしよう。そう考えると、ニューバランスには若干知的な雰囲気があるから、ナイキやアディダスよりベターだと思った。僕にとってナイキやアディダスは一線を越えて普通なのだった。

たぶんあのジャージとニットと、それにネックレスもみんな、ジーンズメイトで買ったのだと思う。そうだ、そのときの光の具合を思い出してきた気がする。三茶にはジーンズメイトがあった。あの白く明るい店内。真昼のような店内。

あの男と出会ったのは、上町から自転車で行ける距離の小さな神社だった。その境内と、すぐそばにある公衆トイレがハッテン場だった。

僕は、あの初めて買ったジャージ、アディダスの紺のジャージを穿き、上にはフットサル用のTシャツを着ていた。

深夜一時過ぎに行った。まずトイレの方を見たが、誰もいないし、思った以上に明るいので、真っ暗な神社の方でタバコを吸うことにした。石段を上って境内に入ると、建物の前にある柵《さく》のようなものに腰掛けている人影が目に入った。キャップをかぶっているのがわかる。その隣には、柵を摑《つか》んで腕立て伏せの真似《まね》をしている姿もある。

二人とも肩幅が広い。上半身が逆三角形に見える。

そういうスポーティーな印象にただちに惹《ひ》きつけられたが、二人は並んでしゃべっている様子で、近づくのは躊躇《ちゅうちょ》した。笑い声も聞こえる。もしノンケのヤンキーだったらボコられるかもしれない。やんちゃそうな風体だった。自分より立派な体格に気後れを感じた。だからなおさら興奮したのだが、なすすべもなく、その夜は退散した。

次に訪れたときには、そこはもう少し広い範囲でハッテン場になっていることが明らかになった。

境内を中心として、数人のそれらしい男が、周りの住宅街にまで足を伸ばしている。それはまるで珊瑚《さんご》の周りに形成される生態系のようだ。色とりどりの魚たちが珊瑚に近づいてはまた離れ、周りをぐるぐる巡るように、男たちが住宅街を回遊《クルーズ》している。僕はその循環の中に滑り込んだ。

一人がある方向へ歩いていく。僕は別にそいつを狙《ねら》っているわけではないが、その方向に「何か」があるかのように後を付いていく。結局その男は、何の変哲もない住宅街の道の途中で不意に立ち止まる。僕は引き返す。引き返して、また境内に上り、新入りが来ていないか闇《やみ》の中に目を凝らし、タバコに火をつける。

最初の夜に見たようなヤンキー風の男がいる。キャップの下で外ハネする襟足。僕と同じようなジャージを穿いている。あの時の二人のどちらかだ。と確信して、胸が締めつけられるような興奮を感じる。男は動き出し、僕は少しタイミングをずらして後をつける。トイレの方へ行って、また境内に戻る。それから住宅街の方へ向かい、少し離れたマンションの一階にある駐車場に入っていく。僕がその手前でいったん立ち止まって様子を窺《うかが》っていると、駐車場の奥はマンションの裏側の塀で、その塀とマンションの隙間に入れるらしく、男はそこへ身を隠した。

僕も忍び足でその隙間に入る。暗い。室外機らしきものがある。男はマンションの側に背をもたれさせ、顎を少し上げている。まばらに髭《ひげ》があるのがわかる。その空間の斜め上に、墨色の空が見える。僕は男のジャージの太ももに触れ、股間《こかん》のあたりに手を這《は》わせる。男もまた、僕のジャージの太ももに触れ始める。

それから何度か、同じくらいの夜中に、その人物とその隙間で会った。無言で行為が始まって、射精したら礼を言うだけの関係だったが、回を重ねるごとに言葉を交わすようになり、連絡先を交換した。この場所で出会えるのはいつもただの偶然なのだから、確実にまたやれるようにするために。

……では、話を元に戻しましょう。

と、徳永先生は続きを語り始めた。僕はノートを開いて前回のメモを確かめる。

魚が楽しそうに泳いでいると、橋の上でわかった。それが最初の事実だった。そして最終的に、そこに戻ろうと荘子は言ったのだった。

荘子に対し、恵子は、あなたは魚ではないのになぜ魚のことがわかるのかと、自己／他者の分断を持ち出した。そして、あなた＝恵子は私ではないのになぜ私のことがわかるのか、と荘子もそのロジックを繰り返した。

自己／他者の分断は、一度切り込まれると永遠に繰り返される。その手前へ戻るというのは、どういうことなのか。

「ここからは、私の解釈です」

先生は咳払《せきばら》いをして、縁なしの眼鏡に手を触れる。

自己／他者という二項対立から始めるのではなく、ただたんに「そばにいる」、「傍らにいる」ということ、このこと自体が荘子にとって重要なのです。

人間でも動物でもいいのです。他者と「近さ」の関係に入る。そのときに、わかる。いや逆に、他者のことがわかるというのは、「近さ」の関係の成立なのです。「近さ」において共同的な事実が立ち上がるのであり、そのときに私は、私の外にある状態を主観のなかにインプットするという形ではなく、近くにいる他者とワンセットであるような、新たな自己になるのです。

いま先生は、「近さ」という素朴な言葉に深い意味を与えている。でも、「近い」とは言うが、「近さ」と名詞形にするのは少し違和感がある。近さ。この「さ」の変な感じ。日常の言葉が概念化されると、奇妙な存在感を発揮する。

僕たちは、この教室で近さを共有している。

安藤くんの方を見る。背を丸めてノートを取っている。リョウはまだ来ていない。というか、たぶんサボりだろう。

日が長くなった。窓の外は明るくて、夕方とは思えない。そのとき急に、光が爆発的に押し寄せてくるような感覚を覚える。光が加速する。岩礁《がんしょう》に波が襲いかかるみたいにその明るさが安藤くんの癖っ毛の頭を飲み込んで押し寄せてきて、僕は目を伏せた。

先生は続ける。

そもそも、自己/他者を分ける恵子のロジックよりも手前に、ある偶然性によって自己と他者がワンセットになる状況があり、そこに戻ろう、というのです。

事実を共有すること。それは、主観と客観の対立ではうまく捉《とら》えられません。魚が楽しそうに泳いでいるというのは主観的だ、主観的にすぎない、というのは、自己を閉じたものとして前提することとです。バラバラの閉じた自己が勝手に思っているることが主観的にすぎないと言われるわけです。その前提の下で、それを超えるような客観性を目指しても無理なのです。自己／他者の分断から始めるのではダメなのです。

荘子は魚と、ある近さにおいてワンセットになる。

ある近さにおいて共有される事実を、私は「秘密」と呼びたいと思います。真の秘密とは、個々人がうちに隠し持つものではありません。具体的に、ある近さにおいて共有される事実、それこそが真に秘密と呼ばれるべきものなのです。

これで、「魚の楽しみ」の話は終わりです。

僕たちは考え込んでいる。先生はだいぶエネルギーを使った様子で、頬杖《ほおづえ》をついてぼんやりしている。この後は篠原さんが修論の計画を発表する番で、大柄なその体がゆっくり獣のように立ち上がって前の席へ移動し始めた。

「荘子は魚になっていた、ということでしょうか」

僕はおずおずと発言した。そのとき、安藤くんが僕の方に視線を向けたのがわかる。

「ええ、そう言えますね」

「逆に、魚の方も荘子になったわけですか？」

「まさしくそうです」

次に篠原さんが口を開いた。

「つまり「なる」ということが、主観と客観の手前なのでしょうか？」

徳永先生は頷《うなず》いて、答える。

「まさしくそうです。

ただし、自己と他者が「同じになる」のではありません。あくまでも荘子は荘子、魚は魚なのであって、にもかかわらず、互いに相手に「なる」のです」

そして、あの「胡蝶《こちょう》の夢」は知っていますよね、と付け加える。それは知っている。夢の中で蝶になっていた。だがそれは自分が蝶になったのか、それとも蝶が自分になったのかわからない、というやつだ。

かつて荘周が夢を見て蝶となった。ヒラヒラと飛び、蝶であった。自ら楽しんで、心ゆくものであった。荘周であるとはわからなかった。突然目覚めると、ハッとして荘周であった。荘周が夢を見て蝶となったのか、蝶が夢を見て荘周となったのかわからない。荘周と蝶とは必ず区別があるはずである。だから、これを物化というのである。

徳永先生は、その最後から二番目の文に注意を促した。「必ず区別があるはずである」と言っています。ここが重要なのです。物化とは、ひとつの同じものになってしまうことではありません。区別はある。別々の存在として区別されながら、それでも、他者の楽しみに没入することなのです。

僕と安藤くんも、同学年で、ある近さにいるのだから何か秘密を共有しているはずなのだが、「安藤くんになる」という感覚を持ったことはない。言ってみれば、僕は「安藤くんの夢」を見たことがなかった。それはノンケの男に対する距離のせいだろうか。その距離感は篠原さんに対してもそうで、いまこの同じ空間にいても、僕の体は彼らから無限の速度で引き離されているかのようだった。

だが、そのように距離が、つまり「区別」がありながらも他者になるのだという。それが僕にはよく飲み込めない。

安藤くんは背を丸めてノートを取っている。

僕は自分の髪に触れた。襟足がだいぶ長くなっていた。そろそろ切ったほうがいいのかもな、と思った。

一度だけ、「職人」の男とデートをしたことがある。ハンバーグ屋に連れていきたいと言われた。

男の車はエンジンがギュンギュンと鳴る改造車で、わざと加速したり急ブレーキをかけて曲がったりするから安心して乗っていられない。ハンバーグ屋はその日、残念なことに休業日だったが、僕はハンバーグには興味がなかった。それで、僕のお気に入りのイタリアンに行くことになった。メバルか何かを丸々使ったアクアパッツァ。ウニのクリームソースのパスタ。キャラメル味のアイスクリームにクランベリーソース。最後にエスプレッソ。

その後、上町の部屋に連れ込んだ。仕事何やってるのと聞くと、「職人」だと答えた。ああ、「伝統的なもの」とか興味あるよ？　と返すと、にやにや笑いながら、いや、内装とかエアコン工事とかの職人だよ、と訂正される。

そしてベッドの上でセックスをした。そいつと屋内でやるのは初めてだ。足を摑んで挿入されたが、痛かった。

シャワーを浴びた後、男は僕を後ろからそっと抱いて、俺とだけやろうぜ、と囁《ささや》いた。

でも、人間には絶対なんてありえない。他の男とやる可能性だって完全には排除できないのだから、嘘《うそ》の約束はできないと思った。僕は約束するということの意味がわかっていなかった。だから、そういう約束はできないよ、と正直に言った。そうか、と男は言った。

明け方に、やはり乱暴な運転で、遠出して恵比寿《えびす》の二十四時間営業のラーメン屋に行った。色が薄くてただのお湯みたいだが、しょっぱいスープだった。

男はアクセルをうるさくふかしながら、世田谷の環八沿いにある砧《きぬた》公園での出来事を語った。ホモ狩りを見たことがある。ヤンキーのガキどもがワーワーいって追いかけてんのよ。で、俺が通りかかって、おい何やってんだ！ と怒鳴って止めさせた。なんだお前？ って言うからよ、通りすがりの兄ちゃんよ、って言ってやったのよ。

4

でも事実はどこにあるのか、事実は、と繰り返して、舌がもつれそうになるのを無理に振り切るみたいにして目を覚ました。ほぼ十二時だった。どこか教室のような場所の夢を見ていたと思う。目が乾いている。眼球がまぶたに擦れる。部屋にはもう夏の熱気が溜《た》まっていた。蛇口をひねると最初の水がステンレスの底面にドンと落ちる。鞄《かばん》を乱暴に置くみたいに。厚いガラスの灰皿を持ってきたみたいに。冷蔵庫を開けて取り出した食べかけのチーズバーガーは、冷えて固まった歯形がくっきりと見える。僕はその窪《くぼ》みをなぞるように少し舐《な》めてから、食べた。

蟬《せみ》が鳴くようになった。

家の隣には小さな雑木林があり、その中にいる蟬が威嚇《いかく》的な音の塊を生じさせていた。どうやらそこでは蛾《が》も育つらしくて、ときどき階段までやって来る。階段はエメラルドグリーンに塗られており、その上に、やはり淡い緑色の手のひらくらいに大きな蛾がいて、踏みそうになって、急に輪郭線に気づいた。僕はひどく驚いたが、蛾は微動だにしない。

徳永ゼミでは僕の担当日がやってきた。「供犠《くぎ》」に関するモースの議論を紹介することになった。

神に動物を捧《ささ》げる儀式が、どういう手順で行われるか。

供犠とは神への贈与であり、また神からお返しをもらうことである。神に近づくために、まず俗世から切断された状態に入らなければならない。そのために予備的な儀式が行われる。それを通過した後で、犠牲の動物に刃を入れる段になる。そしてその後に、俗世に戻ってくる儀式がある。

という「式次第」の説明くらいしかできなかった。何か僕なりの意味づけをしなければならないが、できなかった。

徳永先生は、ええ、ええ、そうですね、といった相づち程度の反応で、他の学生の発言も少ない。最後に先生は、うーん、と唸《うな》った。深々とした音だった。これではダメなのだ。

だが、それ以上の積極的な指導があるわけでもなく、二十一世紀最初の夏休みが始まろうとしていた。

七月の終わりに、母方の祖父が亡《な》くなった。トイレ掃除を終えて、洗剤のやたらに強いミントの匂《にお》いを流して出てきたときに、ケータイが鳴った。

「おじちゃんが亡くなったよ」

と、母が涙声で言った。

前立腺癌《ぜんりつせんがん》だったが九十を超えていたので事実上は老衰で、苦しむこともなかったというから、よかった。自宅に電動ベッドを入れ、最後は寝たきりの状態で、母と伯父は介護に疲れ果てていた。祖父母を失うのは初めての経験だった。父方は二人とも母方よりいくらか若くて、まだまだ健在だった。残された母方の祖母は、だいぶ弱っていたけれど、まだ杖《つえ》をついて歩けるし、あまり話さなくなったが言葉ははっきりしている。

新幹線で地元に帰った。

通夜《つや》の席で親戚《しんせき》に挨拶《あいさつ》した後、市の中心部にある両親のマンションに泊まった。母は悲しんでいるというより、介護からやっと解放されて脱力した様子だった。僕を精一杯の笑顔で迎えてくれたが、母の小ぶりの頭は、さらに一回り小さくなった気がした。いつか卵ほどに、そして米粒ほどに縮小して消えてしまうんじゃないかと思った。

翌日の葬儀には、いつも盆に行く寺の住職がお経を上げに来た。そのぼさぼさの眉毛《まゆげ》が前から気になっている。

火葬場は高台にあった。冷房が効きすぎていて、美術館のようながらんとしたホールを囲むガラスの向こうには青空が広がっている。祖父が骨になるのを待つ間に親戚とビールを飲み、衣がふにゃふにゃの海老《えび》フライを食べた。

遺骨はワゴンの上に載っている。大変立派です、こんなに形が残るのは珍しいですよ、と言われた。以前の葬式でも同じように言われた記憶がある。

四十九日が盆をまたぐから、来年が初盆になる。今年はこの時期に帰省してしまったので、盆は戻らず東京にいることにすると両親に伝えた。盆正月には、僕が高校までを過ごした父方の大きな白い家に集まるのが慣例だった。父方の叔母の家族も泊まりに来る。

年末はいつも大晦日《おおみそか》に帰省し、皆で深夜までしゃべる。次の正月は喪中だから、初詣《はつもうで》には行けない。

僕は父方の家で生まれ育った。小学校に上がるときに家を建て替えて、いまの大きな白い家になった。

母は専業主婦として嫁いできて、ずっと祖父母の世話もしていた。父だけでなく祖父母も働いていたから、ほとんどの家事が母一人に任されることになった。母はその役割を我慢してきた。だが、僕が大学二年のときに限界に達し、父は母の名義でマンションを買い、両親と妹は家を出たのだった。

妹は高校時代をそのマンションで過ごした後、東京の専門学校に進み、現在は新宿で一人暮らしをしている。

八月になってすぐ、体を溶かすように暑い日に、大学の図書館の入口で知子と鉢合わせになった。僕はゼミ発表のために借りた人類学関係の本を返してきたところだった。知子は来たばかりだったが、入館する前に、入口の脇《わき》にある灰皿で一緒にタバコを吸うことになった。本の話をする。それから、夏休みだから遠くに行きたいよね、という話になり、○○くんは車あるからいいよねと言うので、じゃあドライブでも行く？　と戯《たわむ》れに言ってみると、行く！　と叫ぶ。

いつ？　いまから。

それで、車を取りにいったん久我山に戻る。Tシャツが汗で重たくなっているので、シャワーを浴びて着替える。夕方、気温が落ち着いてから迎えに行く。知子の家に行くのは初めてのことだった。

知子は弟と一緒に住んでいたが、弟は最近一人暮らしをしたがっているという。そうなると部屋が余るし、家賃も無駄になる。私も引っ越すかも、と面倒そうに言う。どのへんに？　なんか、むしろ遠いところがいいかもしれない。

そこは見るからに新しい建物で、オートロックで、家賃はけっこうしそうだった。

知子を車に迎え入れてから、どこ行こうかと話す。いつもKとは行かないところがいいだろう。ちょっと考えて、横浜の方とかどう、と聞いた。じゃあ、みなとみらいは？　と知子は楽しそうに言う。なんだか普通のデートみたいで困惑する。

それで、環八を下って第三京浜に乗り、紫色の夕暮れの中を走り続け、保土ヶ谷《ほどや》で下りて、みなとみらいを目指した。

観覧車を縁取る青い光が現れる。暗くなった空を切り裂くような真っ白なビル。イルミネーションが一年中クリスマスみたいに光る世界がそこにあった。帆のような扇形をした建物がある。あれ何だろう、と知子が指差すので、たぶんホテルだね、と僕は答える。

僕たちはその一角にロイヤルホストの濃いオレンジ色の看板を見つけ、入ることにした。眺めが良さそうな窓際《まどぎわ》の喫煙席がちょうど空いていた。

修論の話。佐々木先生は自身の活動は派手だが、指導は手堅いようだった。知子はテーマも論じ方も、指導というより指示されているという。知子の論文は、ある小説家の代表作にどのように初期作品の要素が含まれているかを検討するという、実にオーソドックスなものだ。

ロイヤルホストではちょうど「夏のカレーフェア」をやっていて、カシミールカレーというものを頼んだ。ご丁寧なことにカレーとご飯が別々に出てくる。カシミールの文化がどういうものかまったく知らないのだが、このカレーは、色々煮込んだ感じの複雑な酸味がある一方で、唇がヒリヒリするほど辛いので、水を頻繁に飲まなければならない。ご飯の脇には茶色いものがちょっと付いている。福神漬けと、それからこの縮れたものはオニオンだろうか。揚げたオニオンのようだ。

「○○くん、最近恋愛してる？」

と聞かれる。知子もカレーのメニューを見ていたが、結局スイーツだけにした。ブラウニーを少しずつ食べている。

「したいのかもな、とは思う。でも、一回やって終わりとか、そんな感じだな」

と答えてから、知子はもしかして僕のことをちょっと好きだったりするのだろうかと思う。というか、思ってみる。いや、そう思うということは、むしろ僕が知子をちょっと好きなのかもしれないな、とも思う。いや、そう思ってみる。知子は、大学の同学年で最初にカムアウトした相手だった。

「知子は？」

「うーん。前の人とはなんとなく別れちゃって」

「前の人って、話聞いたっけ」

僕はカレーの黄色い油がついたスプーンを置き、記憶を探り始めた。そうだ、美大の人と付き合っているという話だった。合鍵《あいかぎ》を渡していたので、知子がいないときに部屋に来て、厚紙に絵を描き、詩みたいなものを添えて置いていった、なんてことがあって、すごくない？ と知子はそれを喜んでいて、それ僕的にはアウトだわ、と答えたのだった。ナルシシズムが過ぎるでしょ、と。

「どういう人がいいのかなあ」

「それは僕も知りたいよ」

知子がブラウニーをフォークで切ると、植木鉢の土みたいな粉末がこぼれる。

僕はケータイで時間を見た。戻るのにかかる時間を考えたら、十時、十一時くらいには出た方がいいだろう。

「私のことあんま好きじゃない人が、好きなのかも」

その言葉でギクッとした。僕は知子のことをどうでもいいとは思っていないが、別に好きというわけでもないから、知子がそんなふうに思うのだとしたら、僕らの関係にも何かがあるのかもしれない。僕は一抹の不安を感じた。何かそれは、風呂《ふろ》に入浴剤の色がもやもやと広がっていくみたいな、抽象的な不安だった。いや、それこそ僕のナルシシズムで、知子は僕のことなんて想定していないと思うのだが。

「僕も僕に興味ない人が好きなんだと思うよ。それが一番エロいから」

知子は、ふふ、と笑った。その笑いがどういう意味なのか何の見当もつかないまま、

「じゃあ行こうか」

と僕は言い、二人はそれぞれの財布を取り出した。

駐車場に出ると、僕のゴルフの向かいに黒い軽自動車があり、その後ろにヒュッと野良猫《のらねこ》が走り込むのが見えた。僕は気を取られ、あ、と声を出して立ち止まった。

「どうしたの」

「猫がいた」

「いた？」

知子は気づかなかったらしい。足の先が白かったのは覚えている。胴体の色は、なぜか瞬間的に忘れてしまった。

「〇〇くんが猫みたいだったよ」

と言って知子が笑う。猫って、突然立ち止まって変なところ見てたりするでしょ。

「猫になってた?」

「そう」

猫の方に意識が行って、魂が抜けたようになって、僕は猫になっていた。

折り紙が一枚あるとしよう。それを縦に半分に折る。折り目の線にハサミを入れ、二つの長方形に分ける。二つが正方形に合わさった状態から、右側を上へ三分の二くらいスライドさせる。

久我山の部屋はそういう形をしている。

双子《ふたご》の長方形がズレてつながっている——この図形には何か呼び名があるのだろうか?

それぞれの長方形の頭は南側で、そこにおおよそ正方形の、無駄に広々としたバルコニーが付いている。

部屋に入るのは左の長方形から。その右辺の真ん中に玄関がある。エメラルドグリーンのドアで、靴を脱ぐところもその色だった。入ると目の前にベッドがある。玄関のすぐ左手がキッチンになっていて、その奥に風呂場がある。水場のそばで寝るのは気にしない。

　ベッドの頭は南の向きで、部屋の中程まで達していて、頭の後ろにCDを入れたカラーボックスを置いて間仕切りにしている。それに仕切られたバルコニー側のもう半分の空間が、キーボードやミキサーがあるスタジオ。

　右の長方形は、部屋の中程に、前後ろの区別がない、腰上の高さの木製のラックを置いている。その右側の空間がリビングで、丸テーブルと椅子《いす》がある。右奥の壁は全面が押し入れ。襖《ふすま》は外し、両端にスピーカーを置いて、その間は布を垂らして目隠しをしている。ラックの左、つまりバルコニーの側は、この家に入ってから一番遠い区画で、そこが書斎になっていて、デスクがあり、壁はスチールの本棚で覆《おお》っている。

　夏休みの後半、蟬の声もまばらになってきた頃、幼馴染《おさななじ》みのシンジから中学の同窓会をやろうとメールがあって、久我山の部屋に集まることになった。小学校から一緒の連中がメインで、中学だけ一緒だったのも男女一人ずつ。

　シンジは、カリスマ的な存在だった野球部の飯田くんにも連絡したが、明日は何かあるらしくて返事を濁しているという。飯田くんを呼び出すのはいつも難しい。

駅前のスーパーで酒とつまみを買ってきた。

部屋に入ると、まず広さに、次に本の量に驚かれる。

近況を話しながら飲む。今年で二十三歳だから、僕以外は卒業して社会人だ。全員未婚。ただ、飯田くんはスポーツ科学の大学院に行っている。シンジは地元の商業高校を出てから上京して専門学校でギター製作を学んで、いまは何かビジネスを手伝っているというが、どうやらねずみ講っぽいシステムで、あまり聞かない方がいいと思った。

昔の話が温泉みたいに噴き上がってくる。

近くの高校――僕はそこに進学した――の敷地にある、ほとんど干上がった池へ行ったこと。図書館のそばの公営プールの水がやたら冷たかった日。握力が強くてビーカーを割ってしまったという女性理科教師。などなど。

「〇〇くんはハカセになるんでしょ」

と、中学だけ一緒の由美ちゃんが言う。誰もがいつもそう言う。幼稚園のときからだ。

僕は中学受験に失敗した。というか、半分成功して、半分失敗した。結果としては失敗なのだが、そう認めたくない。

学科は合格したのに、最後のくじ引きで落選した。国立大学の附属中なので、公平性のためにくじ引きがあった。小学五年から塾に入れられて、背伸びした勉強をがんばっていた。学科は受かった、だから半分は報われたわけだが、最終的にはただの偶然であの努力がふいになってしまった。

タバコの煙が天の川のようにたなびく父の部屋の、大きなスピーカーが前に見えるソファで、図形の問題を説明してもらった夜があった。僕はもう眠くなっていて、問題を解くのに自分が夢中になっている父の説明はとても長かった。

結局、苦々しい思いで、受験しなければそこへ行くことになっていた市立中学校に行った。中学時代はこれまでの人生で最も雑多な人々がいた刺激的な時期だった。あまりに刺激が強かったのか、中学の場面はときどき夢に出てくる――高校のことはほとんど夢に見ないのに。

県でトップの男子校に行ってから先は、学力で選抜された人たちの世界から外に出なくなった。中学にはヤンキーもいたしオタクもいたし、知的障害のある者も、イケメンも美女も暴力体育教師もいた。その中で僕は、成績が圧倒的で、浮世離れした変人というポジションになった。

実家から自転車で十五分。ヘルメットをかぶるのが校則で、かぶらない生徒も多かったのだが、僕は真面目《まじめ》にかぶっていた。制服も第一ボタンまできっちり留めていた。

住宅地の外れ、田畑と雑木林に囲まれている。

オタクっぽい連中とマンガの感想を話したり、誰かの家でゲームをしたりするのが日常だった。それは僕の中では、もっと高尚な文学や美術への関心ともつながっていて、じきにそういう関心の割合が大きくなり、孤立していった。

僕は、言葉とイメージの世界に遊んでいた。

他の生徒は、気づくと恋愛のひそひそ話をしていた。だがそれは当時、僕の耳には入ってこなかった。

彼らは、誰が誰をどう思っていて、だからこの前もこう言ってさ、といった愛憎の動きを噂《うわさ》していた。薄々それはわかっていたが、僕はそういう話の輪の中には入れてもらえない。〇〇くんはそういう人じゃないから、ということらしかった。成人してからの同窓会で、やっと当時の人間模様を知ることになる。だが、成人してからも、僕に対してはすべての情報は開示しないようにしている気がする。

「ちょっとここ、出ていい？」

と、書斎の方から声がする。

由美ちゃんと同じ小学校だったコウタが、バルコニーの方を指差していた。コウタはそんなに仲が良かったわけでもないが、シンジが接点で同窓会の常連になっている。

その右側のバルコニーは使っていない。使いにくい。部屋を背にすると前の三方がすべて柵《さく》で、岬の突端のように中空に突き出している。普段使っている左側の、ベッドがある部屋のバルコニーは、右手が隣の部屋の外壁だから、建物にL字に抱かれる形になっている。だから安心して使える。そちらで洗濯物を干している。右側のバルコニーは無防備に感じる。

親指に力を入れて固まった鍵を開け、軋《きし》む窓を引くと、蒸し暑い空気が押し入ってきて、口をバッと手で塞《ふさ》がれたみたいな感じになる。部屋からの黄色い光で、正方形のコンクリートの平面が照らし出されている。あちこちに小さく草が生えているのが見える。

「いやー、タバコ臭くって」

と、コウタはそこに出て腕を伸ばす。

そのがらんとした平面に人が立つと、まるで舞台のようだ。人々が去って何世紀も経《た》った舞台の遺跡。

「あ、飯田来るよ」

シンジが声を上げたので、リビングへ戻る。シンジは大げさに目を開いて、ケータイの画面をこちらに向ける。

「どっから来るの？」

「柏《かしわ》だって」

「えー、遠いでしょー」

と、由美ちゃんが言う。

「まあ来るって！」

十時過ぎになっていた。いまから柏から来るとなるとギリギリだろう。とにかく説得できたらしい。

シンジはいつも、少し無理なことに僕たちを巻き込む。

修学旅行の夜、コウタが布団《ふとん》をはいで寝ているときに、ケツを剝《む》き出しにしてイタズラ描きをしようと言い出したのもシンジで、コウタはその写真を成人してから見せられた。

人気者の飯田くんは、当時、やはり人気者の有名な女子と付き合っていると噂されていた。僕もそれくらいは聞いていた。それが本当に事実だったのだと知ったのは、成人式のときだった。その女子からコクられて付き合ったが、すぐ別れたのだという。飯田くんのその話が、飽きもせず今日も繰り返されていた。

「〇〇くんって、好きな人誰だったの？」

とコウタに聞かれる。あー、と僕は躊躇《ちゅうちょ》する。

由美ちゃんがニコッと笑顔を浮かべた。

僕は男を欲望しているということを、このメンバーにもだいぶ前の同窓会でカムアウトしていた。だが、いま聞かれているのは好きだった女子だ。明らかにそう。カムアウトしたにもかかわらず、彼らは現在の事実をスルーして、僕をあの田舎の日々へと連れ戻す。

僕にも好きな女子がいた。そのことに彼らは感づいていたと思う。でも僕は、その子への欲望をいまどう取り扱ったらいいのかわからなかった。

シンジが口を開く。

「あの時なあ、すごかったよな、電球を持ってさ、二個も三個も、バリーンと割っちゃってさ!」

なあ?とシンジはすごい笑顔で僕に同意を求める。

——話をズラしてくれたのだ。

「おう、そうそう」

コウタは、ほおー、そうかあ、などと言っている。

でも完全にナンセンスじゃないか。電球って何だよ!

そして、飯田が本当に好きだったのは誰々なんだよ、とシンジは飯田くんに話を向け変える。その「本当」の話も前の同窓会でたぶん聞いた。そういう神話みたいなものが、何度も演出を変えて上演され続けるのだった。

夜半に到着した飯田くんは、相変わらずハンサムというか、男っぽい骨張った顔つき。キン肉マンみたいなその存在感は、歩いて近づいてくるだけで、深い恥ずかしさを僕の中に引き起こす。それは、彼に対する引け目──それも確かにあったが──で恥ずかしくなるのとは違う。何か炎症を起こした箇所を刺激されて、痛気持ちいいような感じになる。

「やっぱり、諦《あきら》めちゃダメなんだよな」

飲みがリスタートし、飯田くんはそう言う。

彼は高校時代に、深刻な肩の故障のために野球を続けられなくなった。それでスポーツ科学を専攻し、選手をサポートする仕事を目指すことになった。それは最初は埋め合わせのつもりだったが、最近は考えが変わってきたという。

「俺はもう野球はできない。けど、ずっと同じことをしてるんだよな。何も変わってないんだよ」

シンジはチューハイの缶を戯れにベコッベコッといわせながら、飯田が話し始めるとみんな黙っちゃうよなあー、と感慨深そうに言った。昔から飯田くんは、僕たちよりほんの少し大人びていた。いつの間にか皆が床に座っている。酒を囲んで車座になっている。

身体測定の日。飯田くんは、女性教師に腹囲を測ってもらうときに、筋肉に力を入れてボディビルダーみたいなポーズをした。女性教師は、キャッ！　何やってんの！　と顔を赤らめた。その女性教師が、一日だけ髪を栗色《くりいろ》にしてきたことがあった。ところがその翌日は黒髪に戻っていた。教頭か誰かに怒られたのだろう、と噂が駆け巡った。

夏の日に、シンジと飯田くんとあともう一人と僕で、市街から離れた田んぼのある地帯に自転車で行って、ザリガニ釣りをした。

行く前に、コンドームを買おうぜとシンジが言った。中学生にとってそれは途方もなく勇気が要ることなので、ジャンケンで負けたやつの罰ゲームにした。幸いに僕は免れて、誰かがコンビニで買った。何事もなく買えて、拍子抜けだった。田んぼの用水路に、さきいかを括《くく》りつけた凧糸《たこいと》を垂らすと、おもしろいようにザリガニが釣れる。バケツに赤い生き物が溜まっていき、溜まりすぎて、飯田くんはそれをつまみ上げ、次々に空へと投げ始めた。道路に落下したザリガニは無残に潰《つぶ》れ、灰色の汁が出た。

それからコンドームを開封し、息を吹き込んで最大限に膨らませて口を縛った。

ピンク色の風船が何個もできる。そして用水路に流した。コンドームの風船が何個も、どんぶらこ、どんぶらこ、と桃のように流れていった。

ヨーコがバーのカウンターで頬杖をついている。

この様子が、ほとんど暗闇《くらやみ》の空間でそこだけ眩《まぶ》しく照らされている。オーケー。このシーンは簡単に終わった。キャップを逆方向にかぶったカメラマンがさっと三脚から離れ、瀬島くんが代わりにそこに立って、

「次行きましょう」

と、すばやく告げる。僕は後ろのソファに体を沈め、いくらか退屈な気持ちになっていた。Kはコンビニに行ったようだった。人数分のおにぎりを買いにいったはずだ。

瀬島くんの説明は依然としてよくわからない。ひとつの場面と他の場面とのつながりがはっきりせず、全体像を結んでくれない。それでも僕とKは、音楽を作ることを引き受けていた。ひとつはショッピングモールを歩く場面で、既成の曲を使うと著作権の問題があるから、モールでかかってそうなBGMをそれっぽく作ってほ

しいという。もうひとつ、エンドロールの音楽も頼まれたが、それはとくに指示がない。

だから、いわゆる「映画音楽」の注文ではなかった。「映画で使う音楽」を頼まれたのだった。

この映画でヒロインを演じるヨーコは、僕と同じ大学の映画サークルのメンバーで、今年卒業して就職し、その後も瀬島くんの周辺に出入りしている。ヨーコは社会学部だったが、映像編集の趣味があり、その業界にコネがあって、すぐ就職が決まった。才能を認められたらしく、同世代にはそういないような高給取りなのだと言われていた。確かに羽振りが良さそうに見える。明らかに着る服が変わったから。

パチンとスイッチを弾《はじ》く音がして、照明の数が増える。カウンターの全体が照らし出され、奥に立ち並ぶウイスキーのボトルひとつひとつの輪郭もはっきりする。

ヒロインと待ち合わせをしているという設定のジャケットをはおった男がやってきて、ごめん、と言って隣の席につく。そのときバーテンダーが画面外から登場する。グラスを布巾《ふきん》で拭《ふ》きながら、一瞬、視線をカメラの方に向けた。

三人の役者がそのように演技を始め、僕はソファから立ち上がり、腕組みをして眺めている。

「何になさいますか」

とバーテンダーが聞く。ヒロインは、私はマルガリータと注文する。

「あー。俺は」

「お酒、弱いのよね」

ヒロインがそう言うと、

「メニューってありますか」

と男は言って、タバコの箱を置く。バーテンダーが再び画面外に消えると、ヒロインのケータイが鳴る。

僕のケータイから鳴らした。その演出が僕の担当だ。

男は驚いた様子をする。ヒロインはすぐにケータイを開き、無理に押し込むようにボタンを押して、着信を中断する。そして男を見て、

「久しぶりだもん。ねー」

と、甘えるような声で言う。そうだね、と男が答える。

真っ赤なメニューを持ってきた。子供に絵本を見せるみたいにそれを大きく開く。

そしてバーテンダーは、

「あなたのご先祖様なんです」

と、正面を見据えてはっきり言った。

ヨーコは急に背筋をぴんと伸ばす。バーテンダーの視線がまっすぐに伸びる。ぐんぐん伸びていく。だがどこに届こうとしているのかわからない。

「はいはいちょっとカット」

瀬島くんが叫ぶ。同時にカメラマンが笑い声を上げる。いまのアドリブ？と、瀬島くんが前へ出ていく。

Kの姿がずっと見えない。コンビニからはもう戻っているはずなのに。トイレにでも行ったのだろうか。

「オバケがいるみたいね、ここ」

ヨーコはそう言って瀬島くんの方をじっと見つめる。

「――いまのはいまのでいいけど、もう一回やるよ。余計なことしないで」

瀬島くんはビールグラスを手に取り、ボールを投げる前みたいにちょっと揺すってからバーテンダーに手渡した。そのとき、Kがトイレから出てきた。

「やばいわ、虫歯だわ」

「何？」

「歯がやばい痛くて、口開けて鏡で見てたんだけど」

続いて僕がトイレに行く。薄い板一枚だけのドアを開けると、煮詰まったような尿の臭《にお》いがツーンと充満していた。

久我山の駅前には神田川が通っていて、川沿いの細い道に面して新しいラーメン屋ができた。元々あった幽霊船みたいな古い住宅が取り壊されて、僕が修士に進んだ春には、こざっぱりとした白い壁の店ができていた。

四十歳の年に脱サラし、数年の修業を経て独立にこぎ着けたというその店主は、僕が大学院生だとわかって以来、日本を変えてくれなくちゃ、大臣になってくださいなどと、行くたびに白々しく言うのだった。そこの豚骨醤油《とんこつしょうゆ》ラーメンは丁寧に取った煮干しの出汁《だし》が特徴で、くどくなくておいしい。

ある日、そこで若い客が、「ヤッコ！」と注文した。

まずその威勢の良さに驚き、続いて、ラーメン屋で冷奴《ひややっこ》を、しかも大人びた言い方で頼むということに驚きというか呆《あき》れるような気持ちが湧《わ》いた。この店は深夜二時まで開けていて、飲み屋としても使えるように、冷奴とか煮物とか簡単なつまみも用意していた。

二つ隣の席だ。たぶん同年代の男。前にも見たことがあるかもしれない。ヤシの木を描いた水色のアロハシャツを着ている。短く刈り上げた黒髪で、勇ましい顔。僕の好みから言えば、ちょっと濃すぎる。太い眉で、強い目をしている。

向こうから話しかけられた。よく来るんですか？　とか軽い挨拶を交わした。彼は一つ年上だった。

その数日後、よう、とドトールで後ろから小突くみたいに声をかけられた。僕はあらゆる音を意識から遮断していた。

「すごい本だなー」

壁際のテーブル席に、本を砦《とりで》のように積み上げていた。何を読んでるの？　と聞かれる。哲学の本だよと答える。

俺は純平。と名乗った。僕も名乗る。

座るように勧めて、前の椅子に乗せていたバックパックを取って床に下ろした。

「哲学かあ。難しそうだなあ」

何冊か手に取ってはちょっと見て戻し、俺も考えちゃうことがあってさあ、などとしゃべり始める。

「たとえばさ、こうやって君と出会った。ラーメン屋で。それってどういう意味なんだろう、とかさ」

とくに意味ないでしょ、と僕は答えた。

「俺は麻雀《マージャン》をやるんだけど」

そう続けて、タバコに火をつける。僕と同じくマルボロライトメンソールだが、ロングタイプの長持ちするやつ。同じ値段なのにロングってどういうことなのか、前からわからないのだが。僕もタバコを取り出して、悪いけど麻雀はぜんぜんわかんないよ？　と言う。

「麻雀ってのはさ、頭だけじゃない、運の力が必要なゲームなんだ。それくらいはわかる？　俺は将棋も好きなんだけど、将棋は本当に実力だけど、麻雀はそれだけじゃないものがあって、そこも含めての実力なんだよね」

わからないことはない。偶然性の問題だね。と答える。

「そう、偶然性。そこをさ、哲学者はどう考えるのかね」

煙をゆっくり吐き出しながら言う。僕は答えた。

「偶然性は偶然性だよ。必然性の反対だから、その出来事が起こることには何の理由も意味もない。それだけだよ」

「でも、偶然が味方するとかってあるだろ。引きが強いってのが。運を引き寄せるんだ」

そう言って、ニッと笑った。こういう顔を好青年と言うんだろうな。疎《うと》ましく思う。

存在論的に不可能だ。運を引き寄せるというのは、結果として都合がいいことが起きたので、引き寄せたみたいに錯覚しているだけ。

「存在論的に、か。すごい言い方だな」

純平は僕の物言いに興味しんしんの様子で、それから麻雀、将棋、それにボクシングの話もして、近くの中華屋で一緒に夕飯を食べた。そして僕は純平を部屋に誘った。

リビングの丸テーブルにあれこれ本を出して見せながら、哲学とは何をすることなのかを説明した。

概念を純粋に、中途半端《はんぱ》にではなく純粋な意味で捉《とら》えることが大事で、哲学とはそういうことなんだ。「純粋」ってのは、「極端に」ってことだと思えばいい。哲学とは、要するに極論なんだ――まずそう言い切ることにした。

「だから、偶然というのは、極論で言って、まったく何の理由も意味もないのだということになる」

「極論か、なるほどな。

俺は、徹底的ってのに興味があるんだ」

純平は何かをえぐり取ろうとするような眼差《まなざ》しで言う。将棋なら羽生《はぶ》さん。なるほど、それは知ってる。そして次に誰かダンサーの名前が出たが、わからない。

「すげえダンサーはいつでもダンスしてるんだ。徹底的なんだよ。ダンスじゃないときがない。ちょっとトイレに行くのだってダンスなんだ」

そりゃすごいね、と言って僕は席を立ち、キッチンでグラスに氷を入れて持ってきた。いま僕が歩いたのはぜんぜんダンスじゃないか、いや、ちょっとはそうだったのかもな、などと頭の中で独り言を言っていた。そして本棚の一角に置いてあるバーボンを取って注ぎ、乾杯した。

純平は父親の話を始めた。彼の父は、完璧《かんぺき》主義を絵に描いたような厳格な人で、東京高裁の判事だという。

中学受験をして純平は都内でも指折りの有名私立に行ったが、次第に麻雀漬けの生活になって大学受験は全敗。一浪し、なんとなくバリ島に憧《あこが》れて、外国語大学のインドネシア語学科に入ったものの、中退した。現在はダンサーを目指して、古着屋で働きながら生活しているが、生活費の大部分はいまでも仕送りに頼っている。

「親父《おやじ》の書斎で辞書を開いたらさ、一箇所だけ蛍光ペンが引いてあるんだよ。me-diocreっていう単語で、俺はそれまで知らなかったんだけど、「凡庸」っていう意味なんだな。なんだか、ぞっとしたよ」

純平の解釈によれば、わずかな逸脱もなくキャリアを築き上げてきた父は、非凡だからそうできたのではなく、どうしようもなく凡庸だったからなんじゃないか、そしてその自覚があって苦しんでいたんじゃないか、とのことだった。

さすがにそこだけ線が引いてあるってありえないと思うけど？　と僕は言う。他にもあったはずでしょ。たまたまそれが目に入って、それだけだったっていう話にしちゃってるだけだよ。人間は、物語をでっちあげる生き物だから。

「いや、あの親父ならありうる」

と、純平は僕をまっすぐに見た。その視線は、僕の頭よりずっと向こうへと永遠に伸びていくみたいだった。

5

ある日、書斎にいるときに父から電話がかかってきて、ほとんど前置きもなく、

「お前さあ、周りにゲイだって言ってまわってるのか」

と怒った口調で言われた。「言ってまわる」だなんて悪し様《あしざま》な言い方だし、きわめて不快だ。何を言われようと突っぱねなければならない。続けて、ママが参ってるんだと言う。

話によると、高校の同級生——仲が良かったわけでもない——のお母さんが電話してきて、お宅の息子さんゲイなんですって、と言ったのだそうだ。そのお母さんは、美術部で作った僕の作品を文化祭でえらく褒めてくれた人で、アイドルの追っかけもしているという話で、たぶん腐女子的な視線で僕を見てるんだろうと思って

いた。ゲイなんですって、というのは、悪意がないどころか好意で言っている可能性が高いと思った。それで、父に僕の考えを説明したが理解されない。母はその同級生のお母さんに、

「あなたはそういうことも平気かもしれませんが、私はそういう女じゃないんです」

と言ったそうだ。そして、もう電話しないでください、と電話を切ったという。

父からは、お前は裸の写真をホームページに載せてるらしいな、とも言われた。まあ、プロフィールのところに上半身を脱いだ写真を上げていた時期もあったが、大したもんじゃないし、それによってカムアウトしてるわけでもない。

友達にも言ってるのか、と詰問《きつもん》される。

「言ってるよ」

「冗談だったと言いなさい」

とんでもない。僕は激高した。

「なんで嘘《うそ》をつかなくちゃならないんだ、ありえない」

怒りをぶちまけると、父は急に弱腰になり、ミュージシャンの誰それも両刀だっ

て言うしな、などと言葉を濁し始める。結局その電話がどう終わったのかは忘れてしまった。気をつけろよとか、曖昧《あいまい》な忠告が最後に添えられたような。とにかく父にとっては、妻が落ち込んでいるのが問題なのだ。

だが「そういう女じゃない」というのは、どういうことなのだろう。つまり母は、母なりの仕方で女性として生きているのだが、その女性というのは、息子さんゲイなんですってとぶしつけに言われることに耐えられないような、か弱い存在だということだ。母において女性という立場は、そういう弱さを伴うものなのだ。それが僕にまで波及してくる。僕はそれを振り払いたい。僕の中にも、「そういう女じゃない」と、手をバタバタ振って刺激を振り払おうとする女の姿があるから。その根本的な治療があるとすれば、母にもっと強くなってもらうことに他ならない。だがそれは無理なのだ。

九月末、まだ十分夏が終わらないうちに大学が始まる。

後期の徳永先生の授業は学部だけで、院の方は休みなのだが、現代哲学研究センターの手伝いでよく顔を合わせている。イベントの後は下北のイタリアンに行くのがいつものパターンで、その日はゲストを見送ってから、安藤くんとリョウ、知子、そして先生を久我山の家に招くことにした。先生に自分の生活を見せるのは初めてだ。打ち上げの料理がだいぶ残っており——牛肉のロースト、白身魚の香草パン粉焼き、タコのマリネとか——、マスターがお包みしましょうかと言ってくれたので、持って帰ることになった。

リビングに皆を通し、テーブルにお酒の缶を並べ、袋から料理のプラスチック容器を出す。キッチンからフォークとナイフをあるだけ持ってきたのだが、袋の底を見ると、親切なことに割り箸《わばし》も入っていた。

それから音楽をかける。何かジャズにする。

僕のオーディオ趣味は父の影響で、スピーカーもアンプも父から譲り受けたものだった。

スピーカーは、ウェスタン・エレクトリックの骨董品《こっとうひん》のようなユニットを使った2ウェイのシステム。

低音を鳴らす直径三十センチのウーファーが、父の親友の野村さんが作った桜材の箱に収まっている。その上に乗せてある小ぶりの箱——こちらは出来合いのもの

——は、中高音を鳴らすWE755Aで、これは四十年ほど前にモニタースピーカーとして使われていた、フルレンジの歴史的名品。本来は単独で使うものだが、このシステムでは低音をウーファーに分担させ、透明度を上げることを狙《ねら》っていた。755は高域がキラキラしてる。と、父はよく言った。

アンプは、ウェスタンを代表する真空管300《サンマルマル》Bを使ったもので、ウェスタンの昔の回路図を元に父が自作した。CDプレーヤーはとくに高級品ではないが、出力部分を改造してウェスタンの部品を仕込み、音に厚みを出していた。

友人たちが交替でDJを務める。安藤くんがボブ・ディランをかけようとする。好きそうだなと思う。ディランのアルバムはだいたい揃《そろ》っていたが、僕が好きだからではなく、アメリカ文化の授業で必要だから揃えたのだった。

僕は幼稚園から高校までピアノを続けていたのでクラシックに詳しくなった一方、父のオーディオや車の中で聞いたジャズやフュージョンも体に染《し》みついていた。ジャズ喫茶の再現から出発した父は最初はJBLでシステムを組んでいたが、僕が中学に上がる頃には、野村さんの影響でウェスタンのマニアになっていた。

野村さんは大学卒業後、一貫して組織に属さず、おびただしい電子部品がある実家の部屋にずっといて、東京の会社や研究所から注文を受けて特殊な工作をする闇《やみ》医者のような天才エンジニアだった。ＣＤプレーヤーの改造は野村さんの手による。父は高校時代から野村さんとずっとつるんでいた。その関係は、僕とＫの関係に似ているなと思っていた。

小学校の頃、夏に家族で茨城や千葉の海へ旅行するときに、車の中ではいつもボブ・ジェームスの《Touchdown》を聞いていた。一曲目は何か映画のテーマ曲だったと思う。

ボブ・ジェームスの音楽は一応フュージョンに分類されるが、要素の融合《フュージョン》ぶりに独特の落ち着きのなさがある。バスドラとスネアが絡《から》むグルーヴは心地よくファンキーなのだが、そこには何かぎくしゃくした感じがある。別の曲をどんどん接《つ》ぎ木《き》するみたいに変化していくメロディー。突如として音階を駆け下りるソロが始まるが、その速度には、追っ手に追われているみたいな不安の影が見えなくもない。

僕は、おそらく友人たちも先生も好みじゃないだろうと予想して、わざとボブ・ジェームスの複雑な曲をかける。こういうのが僕のベースなんですよね、と。

「ま、こういうのはさ」

と、安藤くんがやはり反感を示してくれる。だいぶ酔っている様子だ。音楽っていうのは、もっと……

「もっと何？」

と聞いても、首を傾《かし》げて黙っている。

「先生は何を聞くんですか？」

「私は……大滝詠一《おおたきえいいち》ですかねえ。ナイアガラですね」

「ボブ・マーリィとかねえの」

リョウはそう言ってプシュッと缶チューハイを開ける。

「好きな音楽はレゲエって即答するやつにロクなのはいないって誰かが言ってたよ」

僕が言うと、知子がアハハと笑う。それで、ジョニ・ミッチェルの《Blue》をかけることにした。

ブルー、ウウウウ……

と、女性の遠吠《とおぼ》えがこの場を貫いて、ピアノが除夜の鐘みたいに和音を打つ。

しばらくして、修論はどうですかねえ、と先生が話し始めたので、僕は席を立って音量を下げに行った。せっかく料理を持って来たが、この段階で肉や魚を食べるのは重たいようで、誰もあまり手をつけていなかった。

「どうよ」

と、安藤くんがリョウの肩を叩《たた》く。まずいっすねー、と言う。でも、リョウは安藤くんと同じく、研究対象は決まっている。リョウは学部時代からずっとアンドレ・ブルトンの研究を続けている。それを続ける。

「まずい。まずいのはいけませんね」

先生はニコニコしている。というか、どこを見ているのかよくわからない表情だった。そして先生はここに来てから一口もお酒を飲んでいない、と気づいた。安藤くんは窓の外に目をやって、彼自身のことを考えているようだった。

タコのマリネを食べる。フォークを刺そうとすると、滑って飛んでいきそうになる。だから割り箸を割った。

先生は僕を見て、どうですか、と言った。

「やはりモースでは難しいと思います」

「そうですか」

「じゃあどうすればいいか、なんですが」

リョウがチューハイの缶に口をつけ、目を細めている。僕はその細さになんとなく気をとられる。どこかで見たような。ああいう目は、いいなと思う。

「やはり、大物をやったほうがいいんです。ヘタをするとやられてしまう大物です。モースは偉大な学者ですが、そこまでの」

「大物」かと言うとね」

とっさに、僕は先生の方を向いて言った。

「ドゥルーズですか」

「そうです」

それで、僕の専門はジル・ドゥルーズになった。

アイスコーヒーのSを注文した。次に並んでいた頭頂部が薄い初老の男性が、Sアイス、とだけ言った。それで店員は、アイスコーヒーのSですか、と聞き返す。男性は怒ったような声で、Sアイス、ともう一度言う。それで店員は、アイスコーヒーのSを出した。

秋になり、上着が必要になり、僕はドトールに通ってドゥルーズを翻訳と原文を照らし合わせながら読んでいた。

最初に読んだのは、ドゥルーズと教え子のクレール・パルネの対談を編集した*Dialogues*という一九七七年の本で、『ドゥルーズの思想』という邦題で訳されていた。脂《あぶら》の乗りきった時期のドゥルーズが縦横無尽に多様なテーマを語っているので、そういう邦題にしたのだろう。そこにはドゥルーズ哲学の速度感がよく出ていた。まさに「逃走線」が縦横に走っている。従来の秩序から逃げる、しがらみと関係なく自由に生きる。そういうメッセージを僕は受け取った。それが僕とほぼ同年齢の本だということが少し嬉《うれ》しかった。

そこで鍵《かぎ》となるのが「動物になること」(動物への生成変化)というフレーズだ。自由になる。それは、動物になることだというのである。

何かそのコミカルな感じに惹《ひ》きつけられた。

動物になる？

そのことが集中的に論じられているのはドゥルーズとフェリックス・ガタリの共

著『千のプラトー』の第十章で、そこでは様々な芸術が動物になることに結びつけられていた。

芸術を通して人は動物になる。

動物になるというのは、物理的に、ヒトからたとえばイヌの身体になってしまうということではない。そういう話ではないと書かれている。ヒトのままでも、ある「潜在的」なレベルにおいて動物になるということが起こる。

——僕はあの「魚の楽しみ」の話を思い出していた。橋の上で魚が泳いでいるのを見て、楽しそうだとわかる。それは、ある近さにおいて秘密を共有することなのだと徳永先生は言った。そのときに僕は、それは魚に「なる」ことだと思った。逆に、魚の方も荘子になっている。それに、荘子にはあの「胡蝶《こちょう》の夢」のエピソードもある。

そこでハタと気づく。あの「蹄筌《ていせん》の故事」での言語の不純さというテーマがデリダ的なものだったように、ここではドゥルーズが中国と交わっているのだ。僕は、『荘子』を読むようにドゥルーズを読めと先生に仕向けられている。荘子とドゥルーズが、ある近さに入るということなのか。

路地の途中の、のっぺりと何もない塀に沿って車を停めた。すぐ戻るから大丈夫。三十分もかからない。取り締まりを逃れる勘は持っている。

初めて行く瀬島くんのアパートの階段は一人乗りのエスカレーターみたいに細い。部屋は和室で、蛍光灯の冷たく硬質な光のせいで、夜道から入ってきてすぐの目がしばしばする。知子も来ていると聞いていた。知子は衣装用に自分の服を貸していて、その回収がてら遊びに来ていた。

肉厚なヘッドフォンをかけ、眼球をまったく動かさずにパソコンの画面に見入っているKの肩をちょっと叩いた。そうしても反応しないのは、わざとだ。

僕とKは、夏に久我山の部屋で、一晩かけてショッピングモールの場面用のBGMを作った。その後、僕が一人でエンドロールの曲のコード進行を試作した。

二つのMP3データを瀬島くんのパソコンに入れ、デスクにある小さな卵形のスピーカーで再生する。ショッピングモールの方は、いかにもな感じですねえ、とオッケーが出た。エンドロールの方は、もうちょっとシンプルにしてほしいと言われる。ちょっと響きが複雑かな、と。

「まあ、これは○○くんだよね」

と K が口を開く。音数の多い和音を使っていた。ぶつかる響きを入れるのが僕の癖なのだ。

すると、ソファで何かマンガを開いていた知子が、

「ギターってあったっけ？」

と、声をかけてくる。

「アコギ？」

「そう。ギターっぽいコードはどうかな。ジャラーンって」

「あるんだけど、ほとんど弾けないな」

と言ってからちょっと考えた。一音ずつ鳴らしてサンプリングして、キーボードで弾いたらどうだろう？　出来合いのギター音源はあるにはあるが、音が整いすぎていて人工的に聞こえる。自分でイチからサンプリングすると音色にバラつきが出るが、かえっていい感じになるかもしれない。

「まあ、試してみるわ」

Kを助手席に乗せて山手通りを南下した。

渋谷の近くまで下る。車を側道の脇《わき》に停めて、淡島通りと交差する松見坂の交差点にあるダイニングバーに行く。ピンク色の壁で、テラスが付いている。アメリカの住宅のような建物。ちょうどガラスの壁を隔てて目の前にテラスが見える席で、フライドポテトと、ワサビを塗って食べるサーロインステーキを注文する。Kはスプモーニを飲む。僕はピニャ・コラーダを飲む――ココナッツミルクが徐々に氷で薄まっていき、粒子の存在がザラザラと舌に感じられてくる。

食事の後、Kを連れて久我山に戻り、Kに手伝ってもらってサンプリングの作業を始めた。コンデンサーマイクを使い、二オクターブを一音一音、減衰していく音を長く録音する。僕が弾き、録音の開始と停止はKに操作してもらう。そうして採取された音のデータをソフト上で音階の順番に並べ、キーボードで弾けるようにする。ギターの身体をいったんバラバラにして、それをマリオネットみたいに紐《ひも》でつないで操作するという感じ。

それは、僕自身の僕への関わり方みたいだ。僕は僕自身を、単純にそのままの全体で生きることができない。バラしてから操っている。身体も、言葉もそうだ。ボブ・ジェームスの音楽のわざとらしさもきっとそういうことなのだ。鍵盤《けんばん》でギターを弾く。かなり生々しく、本当にギターを弾いてるみたいに聞こえるが、どこか角張った感じがあった。

その「新しい楽器」をしばらく弾いた後、トイレに行こうとして、玄関の方で音がするのに気づいた。

振り返ってKを見る。ノックされている？　僕は息を殺して、ここ、ここ、とKにドアを指差して見せる。

——音を出していたから警察を呼ばれたのかもしれない。

ドアの覗《のぞ》き穴から見る。誰もいない？　いや、警察の大柄な体はなかった。しゃがんでいる。女性だ。

知子だった。

どういうことなのか。もうとっくに終電は過ぎている。躊躇《ちゅうちょ》したが、ドアを開けることにした。

「何してんの？」

黙っている。

「どうやって来たの？」

「歩いてきちゃった」

「歩いて、どっから来たの？」

「渋谷から。渋谷までは電車あったから」

僕は呆《あき》れかえり、心配になる。知子はちょっとおかしくなってしまったのだろうか。僕はちょっと怖かった。何かメンタルの不調があるのかもしれない。

だがとりあえず、部屋に入れるしかなかった。

リビングに通してから、僕はキッチンへ行って冷蔵庫を開ける。ウーロン茶があった。そのペットボトルとグラスを持ってくる。歩いてきたんだって。渋谷から。と、僕はいくらか緊張した手でウーロン茶を注ぎながらKに言った。

「どれくらいかかったの」

Kは、相変わらずの淡々とした様子で尋ねる。

「二時間くらいかな」

午前三時になろうとする頃だった。僕は混乱して何を話したらいいのかわからなかったが、サンプリングの作業をしてたんだよ、と、知子をスタジオの方へ誘う。

ほら、鍵盤でギターが弾けるでしょ。すごいね、さっそくだね！　と、知子も鍵盤に触ってみる。知子もピアノが弾ける。

しばらく手遊びをしてからテーブルに戻ると、

「それから、これ」

と、知子がトートバッグから何か出した。正方形の平たい箱で、知子はその蓋《ふた》を開ける。

「さっきもう食べたんだけど」

Kが言った。小さいピザが入っていた。Kの口調があまりにつっけんどんで、びっくりする。いいじゃん、また腹減ってきたし、と僕はキッチンから食器を持ってくる。

僕はそのピザを少し口にして、修論の話を持ち出す。知子はもう書き進んでいるという。まだ文献を読み始めたばかりだった僕は焦《あせ》りを感じる。知子は佐々木先生の指示に真面目《まじめ》に従っていた。まず先行研究をまとめ、先行研究で十分論じられていない点を指摘し、そこに関係するテーマ設定を行ってその意義を説明し……と、着実に進めているのだった。

「帰るね」

と、知子が急に立ち上がる。

「え?」

どうやって? あと一時間もいれば始発が動くよ。でも、知子はタクシーで帰ると言い張る。渋谷からはるばる歩いてきたのにタクシーで帰るというのはどういうコスト計算なのかわからなかったが、見送るしかなかった。

『千のプラトー』によれば、人間/動物という対立は、マジョリティ/マイノリティという対立を含意している。人間とは、支配的なマジョリティである。西洋の言語では、しばしば人間を表す単語は「男性」も意味する。人間の支配から逃れて動物になる。それがひとつ。そしてまた、男性の支配から逃れる「女性への生成変化」がある。それがもうひとつ。

人間=男性に対するマイノリティとしての、動物と女性。

「ドゥルーズは、生成変化を言祝《ことほ》いだわけです」

と、徳永先生は言った。

この「言祝ぐ」という言い方が僕に感染する。何かを「肯定する」、「推奨する」ということだが、哲学書に対してその表現を使うならば、その哲学には明確に「価値の傾き」があると認めることになる。荘子なりドゥルーズなりは、最終的にどう生きるのを良しとしたのか。という実践の問いが、その表現の中にはある。どう生きるか。という素朴な問いがのしかかる。それまでの僕に生き方の悩みがなかったわけではない。大学に入って一人暮らしを始め、実際に同性愛を生きるようになって、不安を感じるときに現代思想は助けになってくれた。世の中の「道徳」とは結局はマジョリティの価値観であり、マジョリティの支配を維持するための装置である。マイノリティは道徳に抵抗する存在だ。抵抗してよいのだ、いや、すべきなのだ。そういう励ましが、フランス現代思想のそこかしこから聞こえてきたのだった。

だがその励ましは、男が好きだという欲望に対する外からの弁護みたいなものであって、僕は僕自身のありようを掘り下げて考えていたわけではなかった。

僕は何を「言祝ぐ」のか。僕自身の欲望を内側からよく見なければならないのだ。ドゥルーズを通して。

ドアを開けると鈴が鳴り、黒い目隠しのカーテンをよけて入る。外の寒さから打って変わり、暖房が効き過ぎていてまるで夏の温度だ。玄関の横にマジックミラーがあり、その向こうにはバイトが潜んでいる。こちらからは見えないが、向こうからは見えている。マジックミラーの下の隙間《すきま》に千円札を出す。すると手が、ロッカーの鍵とタオルを渡す。靴を脱いで入ると公営プールのようなロッカーがあるので、鍵で指定された番号を使う。パンツ一枚になる。パンツとケツの割れ目の間に小さなローションのボトルを差し込み、パンツの脇にコンドームを二つ挟む。鍵を足首に巻く。腕の右か左だと、タチかウケかのサインになる。右がタチのことが多い。足首だとリバだ。右足首だとタチ寄りリバで、左足首だとウケ寄りリバ。僕は左足首。タバコとライターはロッカーの上に出しておく。まあ、盗まれないだろう。これで出陣。

二段ベッドがある。布を垂らして中の様子を隠している。

その向こうに、布団《ふとん》を敷いた二畳くらいの空間があり、壁に寄りかかって、片手に小瓶を持ち、それを左右の鼻の穴から交互に吸引している姿が見える。そうしてその男は一人で興奮している。

さらに通路は奥へ続く。数人の男が行き来している。誰かが動くと、他の男も動き出す。ひときわガッシリしたやつが目に留まる。僕はその隣に立つタイミングを窺《うかが》うことにする。すぐ隣に行くのでは見え見えなので、場の全体が攪拌《かくはん》された結果たまたま隣に流れ着いた、という具合にしたい。

そいつに狙いを定めてから一度目のクルーズの途中で、男は流れから離脱して喫煙所に行ってしまった。そこは唯一《ゆいいつ》明るいところなので、覗きに行き、気づかれないように物陰からよく顔を確認する。これなら問題ない。すぐ暗闇に戻り、二度目のクルーズ。そのうちに男は流れに戻ってくる。僕がロッカーの方への「戻りの方向」で歩いているときに、男は闇の奥への「行きの方向」で歩いてきて、狭苦しい廊下をすれ違う。そのすれ違いざまに、男の太ももの裏に手を触れる。触れるときに、わずかに指を動かす。たまたまぶつかっただけの感じと、何かを伝えようとする感じの中間。男はそのまま先へ行ってしまう。僕は喫煙所の明かりのなかに出て一服する。

そして三度目のクルーズ。だが男が消えてしまった。

個室に入ったのか？　個室はすべて埋まっている。断続的に喘《あえ》ぎ声が聞こえる。タバコ休憩の隙に誰かとできちゃったのか、と不安になるが、二段ベッドの方へ戻って、そのあたりで待機する。すると、どこに隠れていたのか男が奥から出てきて、喫煙所の方を覗いてから、また奥へ戻っていく。後をつける。すると、ロックされた個室のドアの前で、男は仁王立ちになった。胸筋の盛り上がりが見える。僕はその隣に自分を横づけし、太ももに触れる。すると男の手が僕の手に重なり、股間《こかん》の方へ導く。僕はその手を握り返し、軽く引っぱる。廊下の「戻りの方向」へと引っぱる。個室は空いていないから、二段ベッドへ行くことになる。

その筋肉に後ろから抱かれ続けたくて、長時間の挿入を続けた。結局、挿入されたまま射精することはできずに、手で処理してもらった。終わった後、腕枕《うでまくら》をされながら互いのプロフィールを少し話した。男は何か会社をやっている。キックボクシングをしている。年齢は三十代らしいが、もっと離れているかもしれない。今度はホテルでやろうと言われた。

でも何かこの男には暴力的なものが秘められている感じがして、怖くなった。連絡先は交換しなかった。

帰りにマジックミラーの下に鍵とタオルを戻すと、横の黒い壁が急に開いた。

「よお」

そこにいたのは、あの「職人」だった。黄色いTシャツをピタピタに着ている。相変わらずのロンゲで、日焼けして荒れた肌だ。やってんな、と笑われる。なんでこんなとこにいるの？と聞くと、おうバイト、と事も無げに答える。

元気そうじゃん。まあね。

じゃあな。

それだけ言葉を交わし、そそくさと店を出た。

二〇〇二年になり、僕は修論を書き始めた。

最初の序論はすらすらと書けた。ちょっとカッコをつけた、それこそ佐々木先生みたいな批評的文体で書けて気分が良かった。卒論のときも一度弾みがついたら書けてしまったので、この勢いでいけばいいのだと思う。

論文を書き始めてから、ときどき徳永先生の研究室を訪ねるようになった。先生は突然行っても二回に一回は在室していて、いやはや、と言いながらも親切に対応してくれる。アポを取ることもあるが、必須《ひっす》だとは思っていなかった。

本棚には茶色や緑色の中国古典の全集がびっしり収まっている。その前にある、昔の会社みたいな応接セットに向き合って座り、これはだいたいできてます、と、僕は序論のドラフトを手渡す。徳永先生は眼鏡を頭に乗せて、すばやくページをめくっていく。その速さで哲学的な文章を読めるというのは驚くべきことに思える。ときどき、くふふ、と笑い声を漏らす。

「論文というのはチャーミングでなければなりません」

と言って、ホチキスで留めた束をテーブルに置いた。

「チャーミング、ですか？」

「ええ。チャーミングな論文というのは、動きがあるんです。速度を上げたり、落としたり、回り込んだり、待ち伏せしたり」

手のひらで空を切ったり、円を描いたりする。

「——動物みたいに、ということでしょうか？」

「そうです。テクストが生きている」

「動物になることについての論文を、まさに動物的に書くということですか」

「そうです。テーマがそうであるなら、なおさらそうでなければなりません」

夜半過ぎの外堀通りを巡っていて、市ヶ谷のあたりでデニーズを見つけ、急いで車線変更をして駐車場に入った。

ブレンドコーヒーが来て、僕はタバコに火をつける。

「実は話があるんだけど」

と、Kが切り出す。

「何?」

「彼女ができたのよ」

そう言って、うーん、と両腕をソファの背の上へ伸ばした。ちょっと驚いた。それはよかった。でも、驚く話でもない。Kにだって彼女くらいできる。

彼女というのは、瀬島くんの映画でヒロインを演じるヨーコだった。ヨーコとKというのは納得できる気がする。でも、ちょっと寂しいというか、Kとの親友関係をいくらか、いや、かなり彼女に奪われるかもなと思う。

このことを改まって言うKは、僕に対して説明責任を感じているに違いない。いや、というより僕の方が「Kには説明責任がある」と、その女性への嫉妬《しっと》混じりに思っている。彼女という存在をゲットできた男に嫉妬する、のではない。そんな嫉妬は僕にはない。女がKを僕から奪うのが気に入らないのだ。

コーヒーを啜《すす》って、自分のことを考える。

僕は二十歳の頃に少し付き合ったことがあったが、それ以来は、一、二回のセックス以上に関係を発展させたことがなかった。精神的には友人で十分満たされているから、恋人は要らないと思っていた。Kとの関係はその最たるものだった。友人関係が最優先だから恋人ができない、と友人を責めるような気持ちさえある。だが、僕は誤解しているのだ。

恋人ができるチャンスはあったのに、僕はいつも逃げていた。その瞬間に、いまがその時なのだと気づけない。僕は時に乗り遅れ、後になって気づく。あの「職人」の男にしてもそうだ。あの男と付き合ってみてもよかったはずだ。俺とだけやろうという肉体の約束が、じきに精神的な何かに変わっていく可能性だってあった。

僕は、結局は安心しようとしてしまう。ドトールの毎日同じ味のアイスコーヒーを飲みたい。早く部屋に帰って一人で眠りたい。自分の枕の臭《にお》いを嗅《か》いで。

僕の体は遅い。ノンケの友人たちは、僕とは絶対的に異なる速度を生きているかに思えた。安藤くんやリョウや篠原さんと同じく、Kもノンケなのであって、彼らは僕を無限の速度で引き離していく。安藤くんの眼差《まなざ》しのまっすぐさ。あれは速度なのだ。無限速度。だが僕の眼差しはカーブする。それどころかカーブしすぎて引き返し、眼差しは僕自身へ戻ってきてしまう。僕の眼差しは釣り針のようにカーブして男たちを捕らえ、そして僕自身へ戻ってくる。

僕は、僕自身を見ている。

そしてこれは僕だけのことではないと思う。男を愛する男は多かれ少なかれそういうものじゃないかと思う。男を愛する男の眼差しはカーブし、その軌道で他の男を捕らえ、自分自身に戻ってくるのだ。

そしてKは、もうひとつの事実を示した。

「この前の知子だけど、俺に会いに来たんだよ」

「ええ？」

僕はコーヒーカップを持ったまま目を見開いた。

あの後知子からメールがあり、渋谷で二人で会って、コクられた。でも断ったという。僕はヨーコとKの関係にも気づかなかったし、知子のことはもっと予想外だった。

中学生のときから同じじゃないか。

渋谷センター街から横道を入って、井《い》の頭《かしら》通りのちとせ会館の前に出る。その上にある日焼けサロンに行く。ロッカールームにうようよいる冬でも真っ黒な男たちを見て、なんでこんなイケメンが女と付き合うんだろうと不思議な気持ちになる。こんなにイケメンならイケメン同士で付き合えるだろうに。ゲイは数が少ないのだという実感がなかった。街で見かける男のほとんどがノンケだなんて、嘘みたいに感じる。この無数の男たちが女しか好きにならないなんて、僕を騙《だま》すための壮大なドッキリなんじゃないかと思う。

金髪と黒い肌のコントラストが鮮やかな、小柄な男がいる。付きすぎていない筋肉の起伏が、上等な木を使った家具のように美しい。こんなにかわいいのに、つっぱって、男らしく、女を引っぱっていこうとするに違いない。もったいない。バカじゃないのか。抱かれればいいのに。いい男に。

ドトールで勉強を始めて一時間ほどで、純平が肩を揺らして入ってきた。よう、やってるね、と声をかけられる。フランス語で『千のプラトー』を読んでいた。

「最近わかってきた感じなんだよ」

「ダンス？」

純平は、ニューヨークで活躍する有名な黒人ダンサーのすごさを、身ぶり手ぶりを交えて説明しようとする。そのビデオに衝撃を受け、練習のやり方が変わったのだそうだ。

「あれが本物だね。やっぱ日本人はダメだわ。ぜんぜん動けてない」

そう言うので、僕は意地悪をしたくなった。

「いや、身体の使い方が「違う」んであって、どっちが本物ってことじゃないよ。僕はフランスの哲学をやってるけど、それが本物の哲学だからじゃない」

「じゃあ、本物を追求するってのはありえないわけ？」

「アメリカにはアメリカ流の、日本には日本流のものがある。もっと細かく言えば、個人個人で違いがある」

「いやあ、本物はあるね」

純平が粘るので、攻撃的な気持ちが高まってくる。もう一段掘り下げてみることにした。

本物のダンスがあるというのは君が信じているわけだけど、その君の、つまり主体の存在が、実はそう単純じゃない。本物のただひとつの自分はない。いまはアメリカ基準で見てるとしても、別の基準で見る自分もいるかもしれない。

「でも俺は、これが本物なんだなって、体の感じがわかってきたんだよ」

「いや、だから本物のダンスもないし、これが本物のダンスだと思ってる本物の自分もない。

自分はこうなんだ、っていうのは全部嘘」

「そんなこと言ったら、普通、怖がっちゃうよ？」

純平は語気を強める。怖がっちゃう？

「普通のキャバ嬢の女の子とか、怖がっちゃうよ？」

何か、内臓がゾワゾワするような感じが湧《わ》いてくる。

「怖がらせればいいよ。それが本当なんだから」

「そこで本当って言うのズルいだろ」

あ、そうかも。と思って、ちょっと待って、と言ってタバコに火をつける。

――いや、本物の自分なんてないというのは言い方がよくないね。それだと、「本物」という観念がまだ残ってる。本物じゃない、という言い方すら消滅するほどに本物じゃなくなるんだ。そうすれば、怖くなくなる。

「話を戻そうぜ。俺はこのダンスが本物だと思ってる。修業していてそうわかるんだ」

足元をさっと影が走ったのに気づく。魚みたいに。スーツ姿の若い男が入ってきて、窓際《まどぎわ》の席へ向かっていく。

「君だって君が言うことが本当だって信じてるじゃないか。君だけが特別だってのはズルいよ」

「それはそうだけど。ただ、僕は、あらゆる「これは本物だ」をすべて相対化することだけが本当だ、と言っているわけ。それは、論理的に一段「俯瞰《ふかん》」してるんだ」

「だから？」

「――だからって」

「君も一人の人間だろ？」

その夜、僕はKと東京の西へ行った。甲州街道をずっと西へ西へ。そしてレッドロブスターの店舗がある交差点で左に、多摩センターの方向に曲がった。そのレッドロブスターが目印で、そこを曲がると、僕らの車は非日常へ踏み込んでいった。まだ建設中の側道に迷い込んでしまう。闇の中に大げさなまでに明るく照らされたトンネルの穴が出現する。ものすごく細く長い砂利道に迷い込んだが、その先は何の変哲もない住宅街だった。

方向感覚を喪失し、僕たちは何も獲得することも失うこともなく、寝静まった世界の底を這《は》い回っていた。

6

チャラい？　と尋ねられて、チャラいよ、と答えた。

メールで書く分にはどうにでも言える。そいつは画像で見る限り、典型的なギャル男だった。ウンコみたいな色に焼けた肌に金に近い茶髪、前髪の毛束を目の間に落としている。

気がはやる。番号を教える。

僕のケータイは濃い緑色で、キラキラした銀色の粒子が樹脂のなかで永遠に静止している。角は丸みがあり、手のひらにすっぽり収まるその感じが気持ちよかった。

「うぃー。どもー」

男はいくらか高い声だった。へっへっへ、と笑う。

「学生?」

そう。でも、大学院だとは言わない。年齢もちょっと誤魔化している。最近やってる? とか、どんなタイプが好きなん? などと聞かれて話していて、

「無理してるっしょ」

と突然言われる。心拍数が上がる。

「え。別に無理してないよ」

と言うと、チャラいって言ってたけどさあ……と呆《あき》れている。もう隠せない。覚悟するしかない。賭《か》けに出る。本当はチャラくないと言ってしまえ。そう認めちゃうとかえってカッコいい、という一発逆転があるかもしれない。

「あー。ほんとはチャラいっていうか、チャラい感じ好きなんだけど、まあでも」

などとベラベラ言い始めた途端、電話を切られた。

寒さがまだ厳しい三月の頭に、瀬島くんの大学で卒業制作の発表会が開かれた。この最後の段階でやっと作品の全体がわかった。どこかで観《み》たことがあるような、ある種の青春映画だった。ヨーコが演じるヒロインを三人の男たちが取り合うのだ

が、最終的にヒロインは誰も選ばない。そして全員の未来がバラバラになる。三角関係が何重かに設定されていて、エディプス・コンプレックスの構図が明らかにある。

僕の車でロケハンに行った多摩川の河川敷は、結局最初のシーンではなく、中盤に出てきた。目がチカチカするくらいそのシーンの緑色が鮮やかで、そればかりが印象に残った。色がキレイだった、人間ドラマよりそれだなあ、と僕は瀬島くんに感想を言った。

ヨーコが一人で早朝の新宿東口を歩いていくところがラストで、そこで僕の曲のイントロが始まり、画面がブラックアウトし、そして白抜きの字で人々の名前が流れていった。

役者や協力した人々がだいたい来ている。ヨーコとKが隣同士に座って談笑している。Kの笑顔は普段僕には見せないようなもので、でもそれは少しぎこちない気もする。知子の姿はなかった。ヨーコとKが二人でいるところには来られないのだろう。ギターを自分でサンプリングしたエンドロールの音楽は知子の一言がきっかけだったから、誰よりも知子に聞いてもらいたかった。Kのぎこちなく見える笑顔に対し、ヨーコの笑顔は屈託がないと感じる。知子にとってヨーコのその笑顔は見られたものじゃないだろう。僕もそうだ。

序論ができて、春になり、第一章もそれほど苦労せずに書き進めていた。就職すると言っていたKは、僕の予想以上に悩んでいたらしく、結局、自分の関心に近い研究ができる別の学科の修士に進むことになった。

締め切りは十二月の半ば過ぎ。原稿用紙で二百五十枚くらいを目指す。

だが、第二章に手を付けて急に失速した。些細《ささい》とも言えるし、きわめて重要だとも言える問題で躓《つまず》くことになった。

それは、動物になることと女性になることはどちらが重要か、という問題である。

『千のプラトー』の第十章は、全体としては動物になることを言祝《ことほ》いでいるのだが、その一方で、あらゆる生成変化はまず女性になることを通過する、と言われたり、また、動物への生成変化は途中段階にすぎない、と言われたりする。

僕は、動物への生成変化をテーマに掲げながら、むしろ女性というあり方に引っかかっていた。

「女性になりたいわけじゃない」

と、僕はカムアウトするたびに説明していた。知子にもそう言ったと思う。

僕は、男性をウケの立場から欲望するが、それは性同一性障害やトランスジェンダーとは別のことだ。僕は、男として男を欲望し、男に挿入される。

僕は、自分には欠けている「普通の男性性」に憧《あこが》れていた。おそらくはその欠如感が、僕を動物というテーマへと導いている。動物になることを問う、それは僕にとっては、男とは何かを問うことなのだ。

動物になること、それは、男になることなのだ。

だが『千のプラトー』の枠内では、男になることについて考える余地はない。なぜなら、男性とは支配的存在であり、支配的存在になるなどというのは、ドゥルーズ＋ガタリ的な生成変化の正反対なのだから。男性への生成変化はないのだ。かつまた、人間への生成変化もない。

動物は速い存在だ。動物は身体に対する余計な自意識がない。というのはノンケの男と同じ。ノンケはこの意味で動物的なのだと僕は思っている。

荒々しい男たちに惹《ひ》かれる。ノンケのあの雑さ。すべてをぶった切っていく速度の乱暴さ。それは確かに支配者の特徴だ。僕はそういう連中の手前に立っていて、いや、その手前で勃《た》っていて、あの速度で抱かれたいのだ。批判されてしかるべき粗暴な男を愚かにも愛してしまう女のように。

僕は女性になることをすでに遂げている気がする。物理的にメスになるのではなく、潜在的なプロセスとしての女性になること。僕の場合、潜在的に女性になっていて、動物的男性に愛されたいのだが、だがまた、僕自身がその動物的男性のようになりたい、という欲望がある……

やむにやまれぬ気持ちで、アポも取らずに徳永先生の研究室を訪ねた。先生はちょうど在室していた。

引っかかっている問題を説明する。『千のプラトー』では動物になることと女性になることが重要性を競っているみたいに見えるのですが……

「テクストが実際そうなっていると、正直に書けばいいんじゃないでしょうか。テクストの現実に従う」

「テクストの現実、ですか」

「そうです。無理をしないことです」

というのは、まずは僕の言いたいことは抑えて書け、という意味だろう。ただ観察するように書けばいいのだ、と。

動物になることと女性になることは、ドゥルーズ＋ガタリのテクストにおいてそれぞれどう説明されているのか。どう関係づけられ、どう分離されているのか。表面だけを書く。そうやってみたら、引用が多くなるので字数がかさみ、それなりの分量になった。

だが、僕はずっともやもやしている。僕の言いたいことは結局何なのだろうか。言いたいことを抑えるも何も、言いたいことがそもそも見えていない。「テクストの現実」に徹することで、言いたいことの不在がいっそう、いよいよ明らかになってしまい、むしろ不安は強くなっていた。

動物と女性、この二者の関係は自分にとっていかなる問題なのか。それ以上問い進めることを拒む透明な壁がある気がする。水槽に閉じ込められた魚のようだ。そこに壁があるとわからないままガラスに突進してしまう愚かな魚のように、僕は根本的な謎《なぞ》に突進している。

知子と話したくなった。電話をかけて、僕は挨拶《あいさつ》もそこそこに、論文どうなってる？　と聞いた。

「うーん、半分ちょっとかな」

「できそう？」

「できないとやばいよね」

そりゃそうだが、僕の方は雲行きが怪しいから、まったく笑えない。知子の論文は四章構成で、すでに第二章まではできていて、第三章は夏休み中になんとかして、最後の章は秋に書く、と冷静にスケジュールを言う。

「テクストの現実を書けって先生に言われた」

「テクストの現実？」

「うん。いや、ドゥルーズにややこしい話があって、それをどう解釈するかなんだけど、解釈する前に、そのややこしい話をそのまんま説明したらいいってこと」

知子はケータイを耳に当てながら、お茶を飲もうとして冷蔵庫を開けた。そのとき、野菜室の引き出しにぼんやり映る黒い影を見て、ブロッコリーを一週間以上入れたままだったと気づく。見なかったことにする。すぐドアを閉めた。

「私は、〇〇くんみたいにすごい解釈ってできないから。普通に読んで説明するってことじゃない?」

「普通にってのがうまくいかなくて、なんかひねっちゃうんだよね」

「でもそれが〇〇くんじゃない?」

「でもそれだと書けないんだよ」

僕はそう言って言葉に詰まった。すると知子は、

「私も書けなくなりそう」

と暗い声で言うので一瞬驚いたが、それはわざとで、

「ウソウソ、でも、徳永先生ってすごいね」

と笑った。知子はまた冷蔵庫をそっと開けて、ブロッコリーの影を見る。すぐに捨てなければならない。

「あのね、冷蔵庫にブロッコリーを入れっぱなしだったの」

「どうしたの急に」

「二週間くらい。やばいよね、捨てないと。いま、見てるんだけど」

「いま?」

ごめん、ちょっと待っててね、と知子は言い、ケータイをテーブルに置いた。ガタッという音が僕の鼓膜にぶつかる。

知子は野菜室を開け、ブロッコリーの茎の方を摘まんで取り出して、キノコ雲みたいな頭を押すと、やはり潰《つぶ》れてへこんだ。それがちょうど収まる小さいコンビニの袋に入れた。

「明日ゴミの日じゃないけど出しちゃおうかな」

またガタッと音がして、知子の声が戻ってきた。

「大丈夫、内緒にしとくから」

と僕は笑う。

「それからテクストの現実って、その言い方がちょっと難しいよ。大丈夫、普通に書けばいいって」

そう言われてもなあと思うのだが、そうだ、もうひとつ言いたかったことがあった。

「動物になるって、前に知子に、猫になってるって言われたでしょ、あれだよなあ、と思ってる」

「あのときね！」

「そう、なんか意識が飛んだみたいになってて。それって、猫ってそういうものだってことなのかな」

「わかんないなあ、猫のことは」

それで、がんばろうね、と励まし合って電話を切った。

知子はゴミ袋を持って玄関を開けた。何か甘い匂《にお》いがする。少し歩くと、ドアを薄く開けている部屋があり、おそらくその黒い隙間《すきま》からお香の煙が漏れている。ココナッツの匂いだ。サーフショップみたいな匂い。その隙間はマジックで塗り潰したみたいに真っ黒な直線で、そこからかすかにテレビの笑い声が聞こえてくる。その匂いの中で何をしているのかわからないが、匂いの原因がわかってとりあえず安心した知子は、外階段からゴミ置き場へと降りていった。

カウンターの端っこに、リーゼントっぽい髪でかっちりしたスーツを着てサングラスをかけたおっさんが、憮然《ぶぜん》とした様子で座っている。いくらかふんぞりかえっている。茶髪や金髪の若い男ばかりの店になぜそんな男が一人だけいるのだろう。「先生」と呼ばれている。

先生、何か飲まれます？

と、店子《みせこ》がいかにも気を利《き》かせている風に声をかける。グラスがもう空だ。ビール、とその「先生」が低く答え、店子は笑顔を浮かべながら空いたグラスをさっと片づける。何か粗相でもあったら大変なことになりそうだ。

ひこひこさんの店で、最近流行《はや》りのところ教えてくれない、と尋ねて、教えてもらったひとつがこの店だった。

驚いたことに、あのジャニーズのアイドルみたいなやつがここにいた。店子だった。見かけたあの日よりも後に働き始めたのかもしれないが。気まずいけれど、あ、前に会った人、と声をかけてみる。なにあんたたち、ハッテン場？　とママにツッコまれる。そのアイドルは晴れやかな営業スマイルを崩すことなく、よろしくー、とハスキーな声で言った。たぶん連絡先を渡した件はもうなかったことになっている。それならそれでよかった。安心した。この店で関係をリセットすればまだチャンスがある、とすら思った。

ゲイバーでは珍しくカクテルが充実している店で、普通のバーっぽい。僕は、ママではなくそいつの方を向いてカンパリソーダを頼んだ。そいつは、「陸」ですと名乗った。口下手な様子で、突っ立っていれば営業になる綺麗《きれい》どころ、といったポジションなのだろう。ママと陸に加え、よくしゃべるのがいて、それがたぶんチーママ。身ぶり手ぶりがくねくねしている。

コースターの色で、タチなのかウケなのかリバなのかを区別するという趣向だった。可能性を広げるためにリバだと言った。リバのコースターは黒。タチならば青で、ウケは赤だった。少しでも陸にしゃべらせたかったが、チーママらしき店子が、どんな人がタイプなんですかあ、と介入する。そうねえ、タイプはまあまあ広いけど、とテキトーに流す。

カウンターの端にいるおっさんが気になる。ヤクザかもしれない。ママにカネを出している？　だとしても、ホモなのだろうか？　何かを我慢しているみたいに無表情で、若い男に囲まれたこの状況を内心密《ひそ》かに喜んでいるのだろうか。

二年目の前期は、大学にはほとんど行かなかった。十一時ぐらいに起きてドトールに直行し、ジャーマンドックとアイスコーヒー、それだけの注文で午後ずっと居座る。論文は第二章の途中で行きつ戻りつを繰り返している。夕方に中華屋で定食を食べ、帰宅してからまた書こうとするが、週に二回くらいはKに電話してドライブに行く。結局、Kに彼女ができてからもその習慣は変わらなかった。

そうこうするうちにもう七月も半ばとなり、久我山に来て二回目の夏休みが始まる。

夏がまた繰り返される。円環を描いて振り出しに戻る。暑さからまた暑さへと戻る円環だ。

そして僕は、遥《はる》か南洋で行われる儀礼を思い出している。

卒論で扱ったモースの『贈与論』には、パプアニューギニアの東にある、珊瑚礁《さんごしょう》でできたトロブリアンド諸島の「クラ交易」が紹介されている。それは、贈答の儀礼が島々を順繰りに円環状に移動していくというものだ。人々は贈り物のために、カヌーに乗って別の島へと渡る。

この交易では様々なものが贈られるが、ヴァイグアと呼ばれる特別な宝物がその循環全体を支配している。しかもそれには二種類あり、それぞれ逆方向に受け渡されていく。ひとつはソウラヴァという赤い貝殻の首飾り。これは時計回りに移動する。もうひとつはムワリという白い貝殻の腕飾りで、反時計回りに移動する。ソウラヴァは男性性、ムワリは女性性を帯びており、互いに逆行する循環は両性が惹き合う様を表しているとされる。

僕はぐるぐると謎の周りを回り続けていた。南洋の人々がおそらくなぜ回り続けるのかわからずにそうしているように、僕もまた理由がわからないまま循環に巻き込まれている。僕の円環にも二つの方向があった。動物あるいは男性になる方向と、女性になる方向だ。だが、その二方向が、紐《ひも》で縛るように狭まっていき、僕は、ただ僕一人が立てるだけの狭さへと閉じ込められつつあった。僕は自分を軸にしてただ独楽《こま》のように自転しているみたいだった。だから書き進まない。錐《きり》で穴を空けるみたいにその場で回転していて、言葉の線ができない。だが、締め切り《デッドライン》の冬は確実にやってくる。

久我山駅そばの、神田川沿いにある焼き鳥屋の二階の座敷で純平と飲んでいて、最初の生ビールが終わる頃に、階段から大きな図体が姿を現した。ヤスがやってきた。

坊主頭《ぼうずあたま》で、だぶだぶのジーンズを穿《は》き、だぶだぶの黒のTシャツを着ている。僕らより年下。二十歳だという。純平は次にハイボールを注文し、お前は？と聞く。ヤスは遠慮がちな様子で、ビールでお願いします、と言う。よろしくお願いします、と僕に会釈《えしゃく》してにやにやしている。純平の舎弟みたいな存在なのだろう。

「○○さんの話、ジュンさんから聞いてます、すごい人がいるって」

いやすごくないって、と流すと、

「ヤスはスタイリストを目指してるんだよ」

と純平が言って、ヤスの肩をぽんぽん叩《たた》く。ヤスは身を縮こめるようなふりをする。

純平によれば、ヤスはいま、郡司さんという人物のところで住み込みで下働きをしているという。

「郡司さんはゲーダイ卒のすげえ人なんだ」

俺がスタイリストにしてやる、と郡司さんは言った。それで、マンションの一室に住み込みで、買い出しとか掃除洗濯とか雑用をしている。だが、郡司さんは夜遅くに寝に帰ってくるだけで、平日はほとんど家にいない。

純平はその郡司さんとバイト先の古着屋からつながった。店のバイヤーが郡司さんと知り合いで、それで一緒に飲むことになり、高円寺にあるR&Bばかりかけるバーに行った。ダンサーを目指してます、と自己紹介したら、「魂を鍛えること」について郡司さんがアドバイスをくれて、すっかり感化されたという。そのときに、郡司さんはヤスを純平は激励し、それで二人は仲良くなった。スタイリストを目指してます、と自己紹介したヤスを純平は激励し、それで二人は仲良くなった。

「で、何を教わってるの?」

僕が聞くと、

「洋服の話はまだなんです」

とヤスは答える。

「……まだ早い、ってことなんだろうなあ」

純平はそう言ってから、すいませーん! と一階へ下りる階段に向けて張りのある声を上げた。僕はタバコに火をつけ、ガラスの丸い灰皿をこちらに引き寄せた。

ビールを少しずつ啜《すす》るように飲んでいたヤスは、

「ちょっとおかしいんじゃないかと思ってるんです」

と、再び口を開いた。

「水槽の水替えばっかなんですよ」

「水槽？」

洋服の話が出ない一方で、週末には、水槽の水替えを手伝わされていた。

「郡司さんはでっけえ水槽で魚飼ってんのよ。海水なんで、俺たちで海に水汲《く》みに行くんだ。週末の夜中に」

ヤスがハイエースを運転する。純平が呼び出されることもあり、純平は助手席に座って音楽をかける。郡司さんは後ろでずっとケータイでメールをしている。行き先は逗子。

真っ暗な海に、紐で吊《つ》ったバケツを下ろし、水を汲み上げてポリタンクに溜《た》めていく。その作業の間、郡司さんは一人テトラポッドの方へ行って釣りの準備をし、水汲みが終わらないうちに釣りを始めている。

「すげえ海老《えび》が捕れたんだよ、伊勢海老じゃねえかな」

と、純平は言う。釣れたのか、網で掬《すく》ったのかわからないのだが。

「捕っちゃダメなんですけどね」

ヤスが付け加える。

「密漁だよ。で、茹《ゆ》でたら旨《うま》かったなあ。なあ？」

ヤスは無言のままで頷《うなず》いた。ヤスはまだビール一杯しか飲んでいなかった。僕は空になったジョッキを指差して、次どうする、と聞いた。

徳永先生のヘルプがまた必要だと思う。先生と話せばどうにかなる気がする。メールで会う約束をした。ところが、当日の朝に電話があり、絞り出すような声で、心臓が痛いんです、すいませんが後日にしてください、と言われる。何か持病があったのだろうか。そのそぶりもなかったので驚いた。念のためにメールに電話番号を書いておいてよかった。それで僕は先生の番号を知り、電話帳に登録しておいた。

アポは翌週に延期された。

研究室に入ってすぐ、大丈夫でしたかと聞いたが、先生は、ええ、問題ありません、とだけ言う。

「例の、動物と女性の問題なんです」

「見せてください」

第二章のドラフトを渡す。バラバラに書いた断章がいくつもあり、通して読める状態ではなかった。それでも見せるしかない。先生は尋常でないすばやさでページをめくり、それから赤ペンを手に取って、ひとつの引用箇所に丸をつける。

「このあたりですね、鍵《かぎ》は」

僕はそのマークされたところを見た。そこは「少女」について書かれた箇所だった。

ところが、まず最初に身体を盗まれるのは少女なのである。そんなにお行儀が悪いのは困ります、あなたはもう子供じゃないのよ。出来損ないの男の子じゃないのよ……。最初に生成変化を盗まれ、一つの歴史や前史を押しつけられるのは少女なのだ。次は少年の番なのだが、少年は少女の例を見せつけられ、欲望の対象として少女を割り当てられることによって、少女とは正反対の有機体と、支配的な歴史を押しつけられる。

少女が最初に身体を盗まれている——確かに重要な箇所だと思ったから引用しておいたが、いま先生に指摘されるまで、ここを真剣に考えてはいなかった。例によって先生は、どうですか、と言って僕を見る。

「ここを、僕なりに引き受けるということですか」

とっさに僕は言った。

「引き受ける？」

先生は狐《きつね》につままれたような表情をし、それから、くふふ、と笑った。先生はいま本当に笑った、と感じた。いつもの演出ではないと思った。

「そうです、僕自身の問題として」

不思議な気持ちになっていた。まさに僕が、ある意味で身体を盗まれているのかもしれないと思ったからだ。僕の中の少女が、いや、少女としての僕が身体を盗まれている。

先生は縁なしの眼鏡に手を添えながら言った。

「少女の尻尾《しっぽ》を探すんです」

盆に実家に帰った。大きな白い家に帰った。今年は母方の祖父の初盆なので、寺に行かなければならない。

叔母と従弟《いとこ》が先に来ていた。今年は妹がバイトの都合で帰省できないのが残念だった。

到着した夜、夕食の後に母が急に腹痛を訴えた。原因はわからない。便秘なのか何なのか、トイレに行っても埒《らち》があかないし、横になって休むしかなかった。それで両親と叔母は普段より早く寝てしまった。

僕は従弟と一緒に風呂《ふろ》に入って頭を洗い合い、午前二時過ぎまでしゃべった。従弟は十歳年下で、僕にいくらか似た顔だが、もっと背が高くて骨格ががっしりしている。中学に入ってから不良グループに出入りするようになり、叔母を心配させていた。

翌日も母の腹痛は続いているので、父が病院へ連れていくことになる。本来は母が寺に行かなければならないが、僕が代わりとなり、祖母と伯父と三人で行った。

子供の頃によく遊んでもらった母の兄は、大学を卒業する頃から僕によそよそしい態度を取るようになっていた。僕にはその理由がわからなかった。母なしでの三人の昼食は微妙な時間で、祖母は少ししか言葉を発さず、伯父としゃべって時間を埋めるしかなかった。

地中海風のレストランで、貝柱が入った塩味のパスタをもそもそと詰め込んでいる。お冷やにはレモンの風味があった。祖母はトマトソースのパスタにしたが、喉《のど》につっかえないように伯父が細かく刻んであげている。

いつ頃だったか、伯父には大学の話はしない方がいいと父から言われていた。そういう「戦略」を考えるのは母よりも父だ。でもいまはなぜか、そんな気遣いなんてもうどうでもいいという気持ちになっている。それで、専門がドゥルーズという哲学者に決まった、修士が終わったらフランスに留学したい、などと話した。

「良いか悪いかは何とも言えないが、羨《うらや》ましいね」

と、伯父は言った。

その日の午後から、両親のマンションに行く。

母が病院から戻ってきて、リビングのソファで休んでいた。後日、内視鏡検査を受けるのだという。何かとりあえず処置を受けたらしく痛みは引いていた。父は母をマンションに戻してから仕事に出かけた。僕は何もすることがない。それで近所の公園にでも行くことにした。カンカン照りの日だった。ホームレスがいた。他には誰もいない。僕は上半身を脱ぎ、ベンチに寝そべって日焼けをした。

夕方から、母の古い女友達で、僕にピアノを教えてくれていた先生に会いに行った。いまは音楽だけで食べていくのは難しくなり、発達障害の児童をサポートする教員助手をしていると母から聞いた。ピアノも大人を相手に週一回教えているのだが、学校の仕事で疲れ切っている様子だった。

幼稚園のときから弾いている先生のピアノで、僕は即興演奏を披露した。白鍵《はっけん》を適当に弾くのを基本として、ときどき黒鍵を挟み、何か形を摑《つか》み取るみたいに弾く。手の気持ちよさに従って。現代音楽みたいね、と言われる。その弾き方をすると、いくらかシェーンベルクとかブーレーズみたいな感じになる。先生に習っていた頃よりも不協和音が平気になっている。濁った響きでも、十分に音楽として聞こえるようになった。

その後、ベルギー旅行の写真を見せてくれた。これ、おもしろいわね、とひとつの絵を指差す。それはヒエロニムス・ボスだった。

「有名な画家ですよ。小さな怪物みたいなものが人間に混じって描かれてますよね」

と言うと、

「それは何？　もちろん意味があるんでしょう？　どういう意味があるの？　宗教的な意味？」

と、切羽詰まったように言われる。それは無意味ではありませんが……と、僕は言葉を濁した。先生が言うような意味での「意味」はない。その意味においては「無意味」なのだが、かといって先生が理解するような仕方での「無意味」でもない、と僕は言いたかった。が、それはたぶん難しいだろうと思ったのだ。

先生の車でファミレスに移動した。学校の愚痴をずっと聞かされて、僕の話はあまりできなかった。

九時過ぎにマンションに戻り、スペアの鍵で入ると中は暗くて、両親は普段より早く寝てしまっていた。かつて妹がいた部屋に灰皿を持っていき、地元に戻っている高校の同級生に連絡する。今夜は仕事場の飲み会があって抜けられないとのこと。

それでどうしようか考えて、父のiMacを立ち上げてエクスプローラを開き、地元にもゲイバーがあるかどうか検索してみた。

駅の東側と市役所の方と二軒あるらしい。市役所の方が客層が若そうなのでそっちに行ってみる。二十分くらいで歩いて行ける。電話番号をメモして家を出た。駅の西口へと至る大通りをずっと歩いていって、途中で右に入る。

店はすぐ見つかった。男二人のシルエットをデザインしたステッカーが貼《は》ってある。若者で賑《にぎ》わっていたら、と期待していたが、そっとドアを開けると、ソファに二人連れがいるだけで、その前でママが接客している。熱帯魚の水槽から緑色の光がぼんやりと空間に広がっている。隣のテーブルに通され、ウーロンハイを頼む。枝豆が出される。あら、見ない顔ね、と言われた。帰省してるんですと説明する。わかるわ、東京の人みたいだもの。

ここには高校生もよく来るという。出身校の名を言ったら、それに隣の男が反応した。

ラッパーのような坊主で太ったいかつい男。彼は、僕の高校の近くにあった本屋の息子だと言った。僕は驚いて、まじまじとその顔を見た。記憶があるかもしれない。中学の頃だったか、しかしどこで起こったことなのか、その本屋の店内だったのか、坊主で目つきの悪い、あまり近寄りたくないその風体を指して、ここの息子らしいよ、と囁《ささや》く声を耳にした。やや離れたところに、僕のいる位置より明るいところに、体を傾けて彼が立っている。たぶん雑誌があるあたりに。その隅っこには、エロ本に混じって『薔薇族《ばらぞく》』とかゲイ雑誌があった。地元でゲイ雑誌があるのは、そこと駅の東口そばの本屋と二つしか知らない。雑誌コーナーの奥には、住居部分に続く勝手口があった。

ひとつ年上だという彼はいまトラックの運転手をしている。一緒にいるのは彼氏で、デブ専の掲示板で出会ったそうだ。彼氏は正反対にスリムで、アイドルのような今風のイケメンだった。この土地の人ではないという。そのイケメンは、僕たちの話を聞き流しながら、本屋の息子にもたれかかっている。その細い腕には龍《りゅう》の刺青《いれずみ》が巻き付いている。

水槽の上の方でテレビが光っている。音は消してあり、数人の少年アイドルがにこやかに踊っている。

僕もよく通ったその本屋は、高校を卒業する前に潰れてしまった。経営者が財テクに手を出したからだという噂《うわさ》だった。「立ち読み歓迎」と張り紙がしてあって、だからよく行ってて、何となく買っちゃうんだよね。そう言うと、

「へへ、褒められちった」

と、恥ずかしそうに笑った。

本屋は多額の借金があって倒産した。支店の展開にミスがあったのだそうだ。当時、彼がゲイであることは周知だったという。親にも知られていたし、家にはよく学校の男を連れ込んだ。それにしてもどうやって？

「コノヤロウ！　って連れてくんだよ」

高校にはあまり行かなかった。

「たまーに学校いぐとよ、社会の先生によ、俺一人だけハイーッて手ぇあげて聞くの、なーんで男同士だと結婚しちゃいけねの？　って」

「いやー、な？　どうしてだろな？」

と、教師は困り果てた。それを聞いて、イケメンの彼氏は苦笑いする。僕たちはゲラゲラ笑う。そんな疑問をこの田舎であの時代に口にすることは、僕には考えられなかった。それは確かに小さな革命だったに違いない。僕が生まれ育ったこの土

地でも、大らかなイントネーションに乗せたささやかな革命がいつだって起こり得たし、これからも虚を衝《つ》いて起こるのかもしれない。

気温が上りつめた廊下を歩けば、社会の時間はもうとっくに始まっている。残すところ半時間を過ぎたあたりでのっそりとドアが開き、一瞬いくつかの眼差《まなざ》しが飛ぶだろう。椅子《いす》が軋《きし》む。教室のほとんどは退屈で伏せっている。ひそひそ話のさざ波がちょっと湧《わ》いて、すぐ消える。

彼には何の準備もない。ただ何か、長い糸に釣り下げられたルアーのようなものが、誰も気づかない温度の揺れに揺らされる。そして肩の凝りをほぐすようにぐるりと小さな円が描かれて、その浮力が彼の腕を持ち上げる。

開け放たれた窓という窓から、今度こそは本当の夏の温度が迫ってくる。議論も答えもない。彼はたぶん腹が減る。生徒たちも教師も、長い休みに向けて解散する。白茶けた土地に、蟻《あり》のように散っていく。そして最後に残るのは、あの太い腕を一周する日焼けの境界線だけなのだ。

僕は歌いたくなる。その歌が、別の歌に交換されている。

久我山の家は広すぎてクーラーの冷気が行き渡らない。僕はシャワーを浴び、体を拭《ふ》いて、濡《ぬ》れたバスタオルの置きどころに困っている。

口元に見覚えがある——僕は、反復される曖昧《あいまい》なイメージを頭の中でまさぐっていた。

どこから来たのだろう。でも、何が？

歌っているような口元だった。

雨が降りそうにない日。目やに。そして夕方になる。ラーメン。濃厚スープ。腕に痒《かゆ》みがある。それはどうでもよい。折り畳まれた腕に痒みがある。そして真っ暗になった。

どうでもよくなるのは僕ではなく、君だ。箸《はし》で筋っぽいホウレンソウをちぎる。

そこのペットボトルを脇《わき》にのけてほしい。よく見えない。焦《こ》がしニンニク。真っ昼間だった。開封したばかりのタバコがある。灰色のスウェットパンツを脱いで、太ももを掻《か》いている。牛乳が底にこびりついたコップをキッチンに運ぶ。太ももが床に向かって伸びる。まばらに毛が生えている。ペットボトルには緑茶が残っている。気になっていた目の形が、言葉にできない。

光に、形が掻きむしられている。厚い肉に守られている骨格だった。表情が混入する。あるいは、表情が折り畳まれる。光が弱々しい。僕を見ているし、見ていなかった。その鼻の柔らかい稜線《りょうせん》がペットボトルへと倒れる。首を伸ばして口づけをする。唾液《だえき》をなすりつけ、それから目やにを取ろうとする。僕は歌いたくなる。

どうよ、と安藤くんはビールの缶を置いてから僕に視線を投げた。修論の締め切りまで残すところ三ヶ月もない。いや、途中で詰まってて、先生にも相談してるんだけど、と答える。また難しいこと考えてんだろ、とリョウが言う。というか、変に自分で解釈しないようにっていうのが課題で。それは知子とも話したんだけど。とにかく普通に書くってことが課題で。テクストの現実に従えって先生に言われた。夏休みが終わる頃に、手料理をふるまってくれるというので安藤くんの家に行った。

リョウが先に来ていて、安藤くんと二人でビールを開けていた。白身の刺身がある。口にすると強い旨みがあり、昆布締《こぶじ》めにしてあるのだとわかる。嚙《か》んでいるうちに、ねばねばした甘い糊《のり》みたいになっていく。

僕もビールを飲み始めてからほどなく、篠原さんがやって来た。

液晶テレビの周りにはＤＶＤの箱がたくさんある。

映画はね、何が見えるかを書くのが難しいってね、よく言われるよね。見たいものを見ちゃうから、実際には映ってなくても。感動しましたとか言う人がいるけど、「感動」なんてスクリーンのどこにも映ってないからね。

安藤くんはそう言って、今度は白ワインをコップに注ぐ。

「いやあ、見たいものしか見てねえな、俺は」

と、リョウがそのコップを受け取る。

「そうならそうで、徹底すればいいってことかもな」

と言いながら、安藤くんはまたキッチンの方へ行った。

なら、僕は中途半端《はんぱ》なのかもしれない。たんに見えるものと、見たいものが混ざっちゃってる。

僕はバルコニーに出た。篠原さんがついてくる。風が気持ちよくて、海辺にいるみたいだと思った。遠くを車が通り続けるシーシーという音が、海鳴りみたいに聞こえる。

でもそれは幻想なのだ。ここは東京のど真ん中だ。

「ただ見えるものすら見えないこともありますよ」

と篠原さんがタバコに火をつけながら言う。眉間《みけん》に皺《しわ》を寄せながら。という表情は、本当は暗くてよく見えない。篠原さんならそんな顔をするだろうなと思っただけ。

「篠原さん、だいぶ疲れてますよね」

タバコを吸い終えて部屋に戻ると、オーブンがチーンと鳴った。安藤くんはキルトのミトンをして、湯気がもうもうと上がるものを持って来る。これね、イモとアンチョビにクリームをかけて焼いたんだけど、スウェーデンの、

「あ、なんとかの誘惑」

と僕がすかさず言う。知ってるねえ、そうそう「ヤンソンの誘惑」。

そのときケータイが鳴った。テレビの横だ。安藤くんはそれを取ってバルコニーの方へ足早に歩いていく。

「こういうときはかけてくるなって言っただろ」

と言って切った。

どうしたの、と聞くと、彼女だという。喧嘩《けんか》でもしてるの？　いやそうじゃないけど、と言って、安藤くんはワインを一口飲み、「ヤンソンの誘惑」を小皿に取り分け始めた。

第二章の一部をプリントして、Kの家に持っていった。何かヒントが欲しかった。ぜんぜんKの専門分野ではないが。

部屋に入れてもらうと、Kは格闘技を観ている最中だった。テレビの前のオレンジ色のソファに僕も座り、論文の話を切り出すタイミングを窺《うかが》っている。知らないルールの格闘技で、筋骨隆々の白人の周りを、小柄な日本人がハエのように飛び回っている。Kはときどき、あ、とか、うー、とか声を出すのだが、僕が隣にいることがまるで意識にない様子で、僕は悲しくなってくる。そして涙が溢《あふ》れてきて、ついには、僕が来てるのになんでずっと観てるんだ、と泣きわめいてしまった。

＊

中学生のときに、不良っぽい女子が好きになった。少し茶髪だった。シャツの上に、標準服でない私服のVネックのニットを重ねていた。その格好を、あらーそれ何なのかしらねえ、などと、女性教師にやんわり注意されていた。そういう言い方だったということは、正式な規則ではなかったのかもしれない。

その子に対して性欲があった。

当時、自分が女性器に挿入するというイメージは不明瞭《ふめいりょう》だった。顔、乳房、尻《しり》、脚——各部に魅力があったが、性器はよくわからない。ある日こっそり買ったエロ本の写真で、水に濡らしたパンツに毛の生えた女性器が透けているのを見た。親類以外の女性器を見た記憶はそれが最初かもしれない。ぎょっとした。気持ち悪かった。だが、この気持ち悪さがエロさなのだ、とも思った。それで自慰もした。

彼女への欲望は、彼女をどうしたいということだったのだろう。抱く、というより、その身体に行く、その身体という場にイク。ある距離が間にあって、彼女に対して射精するのではない。たとえ挿入するのだとしても、変な言い方だが挿入側として挿入するのではない。「挿入側として」という分離なしで、彼女の身体への一致として挿入する、のかもしれない。それは、言い換えれば「彼女になる」ことなのではないだろうか。彼女になって、彼女自身が自らに挿入してイクような状態ではないだろうか。

あるヤンキーが彼女を自転車の後ろに乗せて、教室に見えるように窓の外の砂地をぐるぐる回っていた。目つきの悪いやつ。変形ズボンの裾《すそ》がボロボロになっている。

放課後に、教室のそばのトイレに入ろうとして、数人のヤンキーたちに止められたことがある。あのヤンキーもいた。彼らは、〇〇くんちょっとごめん、と手で制した。ああ、中で同級生のあいつがやられてるんだなと直感した。いじめられっ子がいた。個室に閉じ込められているに違いない。

僕はヤンキーたちに特別扱いを受けていた。成績が圧倒的だったおかげで、青春のある側面からは遠ざけられていたが、安全は保障されていたというわけだった。

たぶん卒業間近だった。夕方に隣の教室で、なぜかヤンキーたちと教壇に腰かけておしゃべりをしていた。将来の話をした気がする。〇〇くんはどうすんの、ハカセにでもなるんじゃねえの、すげえなあ……みたいな。僕に対しては、ヤンキーたちも丁寧に「くん」付けで呼ぶのだった。

そしてこれも卒業間近だった。○○くんって好きな人いるの、と女子のグループに聞かれた。その中には好きだった女子もいた。後に同窓会の常連になる由美ちゃんもいた。僕は、結婚するなら由美ちゃんみたいなしっかりした人がいいかもね、と答えた。じゃあ、本当に好きな人は？　と聞かれた。そう聞いたのは由美ちゃんだったかもしれない。息が詰まった。いま言わなければもうチャンスはないと思った。だがどう言えばいいのか。僕はあの子の方を見た。そして、

「君だとしたら？」

と言った。

ええ？　と、はにかんだ。返事はなかった。

だとしたら、というのは、もちろんぼかして言ったのだった。でも、それだけでなく、彼女への欲望自体が「だとしたら」の仮のものだった——としたら、どうだろうか。

男と女が、越えられない距離を挟んで相手を対象として愛する。それが普通なのだった。その中で強いられて答えた「君だとしたら」から、強いられた男女の距離を削除し、男と女が互いに「なる」ような近さへと入るならば、その台詞《せりふ》の本来の

意味は、

「僕が君だとしたら?」

であるはずだ。

7

十二月に入っても、懸案の第二章は終わっていない。いつものようにドトールに行ってもはかどらないので、ジャーマンドックを食べたらすぐ家に戻る。でも書けない。仮眠すれば何かが起きると思って仮眠する。起きてタバコを吸って書こうとする。ダメ。また仮眠する。今度は脱線したアイデアがむらむらと湧《わ》いてきて、これは「補論」を書くべきかな！　などと躁《そう》状態になるがバカげている。それに第三章はまだメモしかない。いや、でも第三章はまとめの話だから、第二章が決まればおのずと書けるはずだ。

そんな状態で締め切り《デッドライン》が確実に迫っていたが、それでもなんとかなるつもりだった。ミラクルが起きるに違いない。でも、「少女の尻尾《しっぽ》」は見つかっていなかった。

徳永先生はそのフレーズを冗談半分で言ったのかもしれないが、僕はそれをあまりにも真面目《まじめ》に引き受けてしまっていた。それは僕にとって、決定的な謎《なぞ》なのだった。

その夜も、一週間前と頭の状態は同じだった。

落ち着け、と何度も思う。落ち着くために、ぬるい風呂《ふろ》に入る。あるいは、布団《ふとん》をかぶってしばらく目を閉じる。そしてまたパソコンに向かう。少しずつ書けてはいる。だが、書けているのは第二章の末尾だ。これでは終わらない。

夜半を回り、また風呂に入る。まだ何かが起きるかもしれないと思っている。だが、眠気も加わってくる。

書けない。

夜空が次第に青みがかり、ようやく現実がその姿を露《あら》わにし始める。この事態は、もしかしたら「修論を出せない」ということなのではないか。

なすすべもなく時が過ぎていく。この締め切りの日も僕に関係なく着々と時が過ぎていく。時間は直線なのだ。いよいよ紺色になり始めた空は、僕が閉じ込められていた円環の破裂を意味していた。正確無比に運行される列車のような時間になすすべもなく僕は運ばれていき、音を立てることもなく、死線《デッドライン》を越えようとしている。

無理だ。諦《あきら》めるしかない。

朝早くに実家に電話をかける。

父が出た。

「今日が締め切りなんだけど、終わってないんだ。出せない」

「何だって」

と、父は驚いた。強い口調だった。

がんばれないのか。

実は、今日最後に銀行に行くんだ。最後にカネを貸してもらうための交渉なんだ。ダメかもしれない。ダメなら不渡りを出すことになる。パパも最後にがんばる。お前もがんばれ。

わかった、としか言いようがなかった。

電話を切って、僕は呆然《ぼうぜん》としていた。今日この日に会社が倒産しようとしている。

そこまで事態が悪化しているとは気づきもしなかった。両親は本当の状況を隠していた。

広すぎて暖房がよく効かない部屋に、冬の太陽の薄っぺらい光が入ってくる。実は僕は、研究というものをまともにやってこなかったんじゃないか。この段階になってやっとそう気づく。午前九時になる。徳永先生に連絡しなければならない。前に、心臓が痛いと連絡があったときに登録しておいた先生の番号に僕からかけるのは、これが初めてだった。

「先生、早くにすいません。あの、修論ができないんです」

「何ですって？」

先生はうわずった声で言った。眉《まゆ》を釣り上げるのが見えるようだった。

「どういう状態ですか」

「第二章が終わるか終わらないかで、第三章はぜんぜん書けていません。それから、今朝実家に電話したら、父親の会社が倒産しそうなんです。留年はできないかもしれません」

「──なんと」

僕は息を呑《の》んだ。

「書き終わっていないわけですね。書き終わっていて出来がダメだというのなら話は別ですが、書き終わっていないものをもし出したら、あなたは研究者としてそれで終わりです。とくにうちの学科でそれをやったら終わりです。

　出すのはやめなさい。お金のことは一緒に考えましょう」

先生は決然とした調子でそう言った。

わかりました、と答えた。

終わった。だが、希望はわずかにある。お金のことは一緒に考えようというのはどういうことかわからないが、そう言って安心させようとしてくれたのが嬉《うれ》しかった。中身が空っぽだが、少し勇気が湧き上がってきた。

午後になってから実家に電話した。父が出た。どうなった？　と聞かれ、出せなかった、先生に相談して、出さないことにした。と説明した。

会社は倒産する。自己破産しなければならない。と父は言った。連帯保証のために、母も父方の祖父母も揃《そろ》って自己破産することになる。実家は競売にかけられる。

もう一年やらせてもらえない？　先生もお金のことは一緒に考えようって……と

懇願した。ダメだ、もう無理だ。父の声は消え入るようだった。僕は食い下がろうとしたが、もう力が出ない。そこで声が変わった。母が電話を奪った。

大丈夫、もう一年やりなさい。ママがなんとかするから。先生がそんなふうに言ってくださるなんて、なんてありがたいんでしょう。心配しないで。

大晦日《おおみそか》に実家に戻った。あの大きな白い家に戻った。いつまでも壊れないと思っていた盆正月の円環に今年はまだ戻ることができた。もう一年は住み続けられるという。それまでに荷物を整理することになる。部屋の物入れに入ったままの子供の頃のものは大部分を捨てなければならない。二階にある僕の部屋は、過去が冷凍保存されたような状態だった。

父の姿はなかった。

どこかのアパートに隠れているのだと母が言う。隠れる必要？　合わせる顔がないのかもしれないが、不渡りを出してすぐに取り立てでも来るというのだろうか。

元日の朝起きて一階のダイニングに下りると、豪華なお重が並んでいるのでびっくりした。父の社長仲間が、さっそくの心遣いで、料亭のおせちを贈ってくれたそうだ。お重が三つ。白海老《しろえび》というものを初めて食べた。塩辛にしてある。果物のような甘みだった。

修士三年目の学費は、なんとか実家で出してくれることになった。当面必要な現金はあるので、出せるには出せるようなのだった。生活費は自分で工面しなければならない。

まず、初めて奨学金というものを申請した。後々返還しなければならないが、研究成果が評価されれば返還免除されるという制度もある。

それに加えてアルバイトを探す。友人が塾で働いていたのを思い出し、紹介してもらう。長く続いている個人塾で、一度に四人か一対一で生徒を見る。昔は大人数の講義形式でもやっていたが、大手の進出に押されて、いまは個別指導に特化している。僕の大学の院生ばかりを集めており、幸いなことに採用はすぐ決まった。春期講習から仕事が始まる。

そしてもう一度、引っ越しをしなければならない。

いまの家賃は払えない。車も手放す。駐車場代なんてとんでもない。今度こそ必要最小限の部屋。場所を考える余裕はなかった。久我山で見つかればそれでかまわない。駅前の不動産屋へ行き、予算は五万、六畳くらいで探す。駅のすぐ近くにまさにそういう物件があった。ただ、大きな物入れが壁から張り出していて、それがスペースを取っているのが気になった。その様子を確認したかったが、まだ入居中で、急ぐ必要があるから仕方なく内見せずにそこに決めた。不動産屋の担当者は、いかにもチャラい茶髪のセミロングのサーファー風の男だった。

スピーカーとアンプを戻してほしい、と父から電話があった。車で持ってきてくれ、と。ウーファーは本体だけでいい、箱は捨てちゃっていい。トランクの底にタオルを敷いて、その上に伏せて置けば大丈夫だろう。755は箱に入ったままで。アンプは真空管を外し、真空管はバッグに入れるように、と指示される。ウーファーを留めているネジが茶色いヤニで固まっているのをなんとか外して、箱をゴミ置き場へ持っていく。置いておけばどうにかなるだろう。投げやりな気持ちなので、粗大ゴミの申請はしない。CDプレーヤーもそのまま捨てる。その内部には貴重なウェスタンの部品があり、取り出せばオークションで売れるが、もう面倒だった。

Kに同乗してもらうことにした。

何かを燃やす煙が立ちこめているような曇り空の日だった。高速道路を二時間ほど走り、市街地の北にあるインターチェンジで一般道に下りる。途中でKの実家に寄ってKを下ろす。後でどっか出かけようと約束して別れた。

父とは、僕が通った高校の近くにあるファミレスの駐車場で待ち合わせをしていた。

青緑色の僕のゴルフが駐車場に滑り込むと、そこには確かに、見知っている白のゴルフが待っていた。僕は車から降りる。それを確認して父も降りてくる。サングラスをかけて赤茶色の革ジャンを着ている。正月には身を隠していたので、破産が決まってから初めて父に対面している。

おう、お疲れ様、と言いながらサングラスを外す。眉間《みけん》に皺《しわ》を寄せて笑顔をつくる父に、大丈夫だった？　と聞く。ああ、大丈夫だよ。

「ブツは持ってきたか」

そう言われて、僕は笑う。トランクを開ける。

重たいウーファーをそっと二人で持ち上げ、もう一台のゴルフへと移動させる。タオルで忘れないように！　と僕は言って、助手席にあるバックパックを開ける。一個ずつ包んだ、何かの卵みたいな300Bが入っている。これからはずっと、冷たく眠り込んだままになる卵だ。それを父が持ってきた紙袋の中に丁寧に収めていく。

そして父はまたどこかへ消えた。僕は母が一人でいるマンションに泊まった。その焦茶色《こげちゃいろ》のフローリングは、僕の家族が最も豊かだった時を記念するかのようにピカピカに輝いていた。夜は、Kと地元の環状線を走った。もうKと夜を走ることもできなくなる。

車は妹の彼氏に譲ることになった。二人が引き取りに来たときに、ついでに、欲しい服があったら持っていってとクローゼットを見せた。広い部屋だったから、着ない服も大量に溜《た》め込んでいた。物が多かった。でも彼氏は、冬物のアウターを二つとパーカーをひとつ持っていっただけだった。

最小限必要なもの以外の服は捨てた。

本も大部分を吉祥寺から古本屋を呼んで買い取ってもらった。古本屋は一時間ほどで床に積み上げられた本を査定した。トータルで八万円になった。

「こういうの、欲しいんですけどねえ」

売らないつもりのウィトゲンシュタイン全集の赤と緑の箱を指差して、古本屋がニヤリとする。

部屋の間仕切りにしていた木製のラックは安藤くんに譲ることになった。彼の部屋にはまだ余裕があった。問題は、書斎のスチールの本棚をどうするか。

当然それは粗大ゴミだからちゃんと申請すればいいのだが、面倒だったというか、よくわからなかった。申請すればデカいものでも処分してくれるという認識が希薄だった。僕は金銭にも疎《うと》ければ、社会にも疎かった。

純平にドトールで引っ越しの話をした。じゃあヤスに車出してもらってどっか持ってけばいいよ、と言われる。

その週の金曜の夜中に、ヤスがいつも海水を汲《く》みに行くハイエースに乗ってやってきた。それに本棚を運び込み、環八を南下して多摩川の河川敷へ向かった。目立たないどのへんがいいすかねえ、とヤスは速度を落として周りを見ている。茂みとかあるところ。このへんか。あ。このへん。いいだろ。と、決まるやいなや一挙に作業を終える。棚板を最後にぶん投げる。闇《やみ》の中でガシャンと音がする。

「逃げるぞ」

エンジンをかけ、ハイエースが動き始める。細い道を走る。道はうねうねと蛇行している。ヤスの運転はなんだか不安定で、一瞬ぐわんと傾いて、右側の段差に落ちそうになった気がして、危ない！　と僕は声を上げた。

引っ越しの一週間前になって新居の中をようやく見ることができた。蛍光灯に照らされた白い壁がやたら白く見え、意外に広い気もした。間取り図にあった物入れが確かに存在した。玄関から入ってすぐ右手に小さなキッチンと換気扇があるのだが、その左隣に、ほぼ立方体の箱が出っ張っている。腫《は》れ物のようだ。おでき。癌《がん》。この大きさだと、部屋の中のもうひとつの部屋のようですらある。

物入れには扉があり、それを開くとますますスペースを取るので、外すことにした。ドライバーを持ってきて外し、どこに置いたらいいか迷ったが、ひとまずバルコニーに出して立てかけておく。木の扉なので、外に置くとカビが生えるかもしれないが、まあいい。バルコニーは狭く、隣のビルがすぐそこに迫っていて、ほとんど閉じられた空間だった。

業者に頼まない引っ越しは初めてで、Kと純平とリョウが手伝ってくれることになった。頼みやすさでこの三人になったのだが、共通の話題はないし、軽く自己紹介だけしてから、全員何者でもない労働力として黙々と作業を行った。

2tトラックを借りたが、それは素人《しろうと》の手に余るものだった。荷物をぴったり詰めないと物が倒れてしまうという想像が働かなかった。これだけの容量があれば十分だと思っただけだった。ぴったりになるよう荷物を詰めるというのは大変な技術で、僕たちには不可能だった。スカスカの状態で物を入れ、仕方ないので中に人が乗って倒れないように押さえておく、という危険なやり方しかなかった。

真っ暗に閉じられた荷台に二人が入って、あぶねー、あぶねーと言いながら、車が揺れるのを我慢する。できるだけ坂道を通らないようルートを考えたが、それでもだいぶ揺れて怖かった。なんとか二往復で作業は終わった。

新居に運び込むときに、リョウがコーヒーメーカーのフラスコを落として割ってしまった。それで僕が、あーあ、と残念そうな声を出したら、お前なあ、と不満げに言われた。恥ずかしくなった。わざわざ手伝ってくれているのだから。

僕は、すべてをやり直さなければならない。僕は何か誤っていたのだろうか。何が僕をここまで連れてきたのか。

引っ越しが終わり、誰もいなくなり何もなくなった広すぎるあの部屋へ戻って、右側の長方形で、かつてスピーカーがあった押し入れの方に向いて僕は立った。

声が出た。自然と僕は歌い始めた。

うー、うー、と。もっと伸ばす。うーー、うーーーと声を伸ばしながら音程を即興で上下させる。詠唱するように。中東の音楽みたいに。紐《ひも》を振るように。長縄跳びのように。動物が尻尾を振るみたいに。いま僕の円環はほどけ、僕は振動する線になって伸びていく。上昇し下降し、ある高さに留まり、途切れては再開する。

僕はときに向こうへと飛び越えそうになりながらも、線の手前でただ自転していた。そのバランスが崩れた。それが崩れた先でできることは何か。それは今度は、僕自身が線と一致することだ。外から与えられた線に対して程よい距離を測り続けるのではなく。泳ぎを楽しむ魚のすばやいカーブのような線になる。

僕は線になる。

自分自身が、自分のデッドラインになるのだ。

＊

夜になれば、駐車場は閉鎖される。人影はない。車を誘導する人もいない。僕は、ほとんど明かりが消えているマンションの脇《わき》に車を停めた。

夜でも暑い。薄明かりの中のアスファルトはいくらか紫がかって見えている。その坂道をしばらく行って、行き止まりにある幅の広いコンクリートの階段を上がると、堤防の上に出て、闇の中の河川敷と川が現れる。真っ黒な川だった。マジックで塗りつぶしたように真っ黒な。そこから右手にもう少し歩くと、向こう側に下りる階段がある。

河川敷にある野球場のバックネットの裏に人影が見えた。そこにはプレハブの物置があり、遊歩道の方から見てその裏側に入れば、何をしていても見えない。

キャップをかぶった背の高い男が、草がぼうぼうに生える川の縁へと消えていく。顔はまだわからない。キャップから長い襟足がはみ出している。僕はタバコを靴で揉《も》み消してから、茶色い小瓶の蓋《ふた》を開け、片方の鼻孔を親指で押さえ、もう一方の鼻孔から酢のような臭《にお》いを深々と吸い込んだ。すぐさま鼓動が速くなり、全身が痺《しび》れるような感覚に包まれる。僕は深呼吸する。まだその男に狙《ねら》いを定めたわけではない。が、後をつけて草むらの奥へと踏み込んでいく。僕の後ろからも別の男が付いてくるはずだ。さらにその男の後ろからも別の男が。

回遊する魚のように導き合う男たちが、夜の底で、明日になればもう半分も覚えていない事実を共有する。

*参考文献

ジル・ドゥルーズ＋フェリックス・ガタリ『千のプラトー』中巻（宇野邦一ほか訳、河出文庫、二〇一〇年）
中島隆博『『荘子』——鶏となって時を告げよ』（岩波書店、二〇〇九年）『荘子』からの引用はすべて中島訳を用いた（一部変更を加えた）。
マルセル・モース『社会学と人類学Ⅰ』（有地亨ほか訳、弘文堂、一九七三年）
マルセル・モース『贈与論 他二篇』（森山工訳、岩波文庫、二〇一四年）

ズラされつづける「身体性」千葉雅也『デッドライン』論

町屋良平

ドゥルーズ＋ガタリ著『千のプラトー』第十章の邦題は、「一七三〇年——強度になること、動物になること、知覚しえぬものになること……」である。読点を挟んで「動物になること」「知覚しえぬものになること」と並べられている「強度になること」。「強度」を出すのではなく、「強度」に「なる」こと。

千葉雅也による小説『デッドライン』において、語り手の「僕」はドゥルーズ＋ガタリが論じる「なる」こと、つまり生成変化の概念を論じようと苦闘する。ゲイとして男性を欲望する自らの「身体性」で引き受けて論文に取り組もうとし、行き詰まる「僕」に指導教官の徳永先生はこう助言する。

「テクストが実際そうなっていると、正直に書けばいいんじゃないでしょうか。テクストの現実に従う」

「テクストの現実、ですか」

「そうです。無理をしないことです」

しかし「僕」はこのアドバイスに従えない。ここで描かれていることを小説にズラして考える。ようするに現実に従うということは無理なのだ。小説においては体験をわざわざ「書く」ということの欺瞞《ぎまん》がそもそも埋め込まれているのだから、多くの「私」、この小説においての「僕」は無理を通してこそ存在する。

修論における「僕」の無理は、僕の場合、潜在的に女性になっていて、動物的男性に愛されたいのだが、だがまた、僕自身がその動物的男性のようになりたい、という欲望がある……しかし、『千のプラトー』の枠内では、男になることについて考える余地はない。なぜなら、男性とは支配的存在であり、支配的存在になるなどというのは、ドゥルーズ+ガタリ的な生成変化の正反対なのだから。という部分に代表されている。

規定されえぬ自己を求めさまようさまはひとつの「青春」の様式かもしれないが、『デッドライン』には既存の「青春」とのズレがあり、やがてそのズレを「僕」は自分のものとしてひきうける。「僕」はゲイとして男性性の狭間《はざま》でさまよう男性だが、あらゆる男性は男性性のあいまいさのあいだでさまよい、青春を事後的に規定されてしまったまま現在にいたっているのかもしれない。しかし「ノンケ」は自らの「身体性」を疑わない。それが「僕」を強烈に疎外《そがい》する。もったいない。バカじゃないのか。抱かれればいいのに。いい男に。

さらにこうも語られる。

> 僕の円環にも二つの方向があった。動物あるいは男性になる方向と、女性になる方向だ。だが、その二方向が、紐《ひも》で縛るように狭まっていき、僕は、ただ僕一人が立てるだけの狭さへと閉じ込められつつあった。僕は自分を軸にしてただ独楽《こま》のように自転しているみたいだった。だから書き進まない。錐《きり》で穴を空けるみたいにその場で回転していて、言葉の線ができない。だが、締め切り《デッドライン》の冬は確実にやってくる。（傍線は評者）

締め切りに要請されて修論の方向性に迷う「僕」の言葉はうまく線にならない。ズレていかない。この小説ではいくつかの登場人物の情報が、一人称の「僕」では知りえないはずの形で語られている。しかし多くは一人称視点が想像をはたらかせるようなかたちで他者のモノローグへシームレスに移行しているだけであって、あくまでも一般的小説技巧にとどまる。いくらかの形容が省かれていても、読者は勝手に補って読む。しかしシークエンス6で同級生の知子に視点が及ぶ場面には違和が生じる。評者にはシークエンス6とその他の箇所との差異にひかれる線こそが、この小説のひとつのカギなのではないかと思える。そこで起きていることはなんだったのだろう？

シークエンス2における知子の視点は、断章を挟んで「僕」の語りから飛んでくる。

火曜日の午前中、知子は自宅でメールを待っている。

しかし数頁《ページ》知子の周辺が語られた後で、
知子はこつこつと努力するのが得意なのだ。なのに、というか、だから反対に行きたいんだろうな、と僕たちは思っていた。

と受けられる。こうして知子の周辺は「僕」の内在が語っているものとしても処理することができ、それほど違和なく読者は「僕」の語りに戻っていく。そのほかの部分でも、やはり「だろう」「たぶん」「という」などの形容や伝聞体により同様の処理がなせる。

いわば人称の違和を黙認する。

シークエンス6において、修論の方向性に迷い指導教官である徳永先生のアドバイスを乞《こ》うものの、うまく咀嚼《そしゃく》できない「僕」はそれを知子に相談しようと考える。その電話の前後で知子の視点が突如として挿入される。

「そう、なんか意識が飛んだみたいになってて。それって、猫ってそういうものだっ

てことなのかな」

「わかんないなあ、猫のことは」

それで、がんばろうね、と励まし合って電話を切った。

知子はゴミ袋を持って玄関を開けた。何か甘い匂《にお》いがする。少し歩くと、ドアを薄く開けている部屋があり、おそらくその黒い隙間《すきま》からお香の煙が漏れている。


という箇所の違和感は他より濃い。通常の一人称的認識では処理できないが、「僕」は知子の家に行ったことがあり、その周辺の構造は知っている。ここで知子の部屋の景色を見ているのは知子であるし、しかし「僕」でもある。あくまでもそのあいだにあるものが知子の周辺の景色を見ている。「僕」がたしかに見ているものだから書かれたものを書かれたままに読むしかない。むしろ小説のいわゆる普通の描写こそ、読者が余計ななにかを勝手に補って読んでいるのかもしれない。ここで描かれているものは想像ではない。読者はそれを鋭く感じとりなにも補うことができずテクストの現実に従うしかない。変わったのは読者のほうなのだ。その他の箇所での黙認と、シークエンス6の該当箇所での違和との差異において、このとき読者はどういう存在に「生成変化」しているのだろうか？

そもそも、自己／他者を分ける恵子《けいし》のロジックよりも手前に、ある偶然性によって

自己と他者がワンセットになる状況があり、そこに戻ろう、というのです。

徳永先生の言うある状況。ある偶然性によって自己／他者の「／」を解除する機能を果たす事実を、徳永先生は「秘密」と呼ぶ。

真の秘密とは、個々人がうちに隠し持つものではありません。具体的に、ある近さにおいて共有される事実、それこそが真に秘密と呼ばれるべきものなのです。

「僕」と知子を分ける主観と客観の対立を無化するもの。それは遂げられることのなかった「K」への欲望と、まだ書かれていない論文創作における未了の思考に漂う身体、そのほかにもいくつかの共通項が両者にはあって二人の「秘密」が発動し、自己／他者のボーダーラインが限定的に取り払われている。そしてその共有を視点の移行としてしか読めない小説独自の、読者としての体験によって、著者／読者の「／」も限定的に取り払われる。読者と「僕」のあいだの固有名は排除され、語るものでありながら語られるものである状態を共有する。このように『デッドライン』においてはいくつものボーダーが無理なく無化されている。しかし小説はそもそも秘密そのものではないだろうか？

こうした要素のみに『デッドライン』という小説の代表性を求めて評することは避

けたい。『デッドライン』においては初めから終わりにいたるまで、小説のどのような要素もこの小説を代表せずそこが美点でもある。それなのに「同性愛者である「僕」が奔放に男性との性行為に及ぶいっぽうでＨＩＶへの恐怖が根底にあり常に脅《おびや》かされてもいるような日常」「同級生や映画をつくろうと集まる友人たちとその場その場で生まれる人間関係を自らの身体（直感）をたよりに泳ぐようす」「先生や研究者たちの導きで試行錯誤を繰り返し専門をドゥルーズ研究として論文に苦心するいっぽうで家庭の経済状況に翻弄《ほんろう》されもするさま」が描かれるそれぞれの要素が自在に、自由にくっつき離れする、そうした題材のいくつもは総じて代表的でもある。初読のときから戸惑いつづけていたのはこの小説の細部においてなにかを気づき語ることの難しさと、それと同時に語れもするという矛盾するような感触である。必ずしも読者が普遍的に体験する条件で書かれた出来事ではないのに、それぞれの身体に応じた感触の言語化を要請されるような要素ごとの帯電性が強い。読者の身体もいつしかズレを要求される。ある円環のアウトラインが文章によって重ねなぞられるうちに、ごくしぜんにズレていく螺旋《らせん》の描かれる最中《さなか》にいて、ふとなにを読んでいるのかわからなくなり、それなのにたしかに小説を「読んでいる」。渦にのみこまれて生まれるそれぞれの、複数の身体の手応《てごた》えが生々しくある。

書き出しからこの小説のアウトラインはほぼ提示されている。しかしその提示部分の可能性は巨大で御しがたい。「僕」がハッテン場でパンツ一枚で男を求めさまよっている。暗闇《くらやみ》に塗《まみ》れ視覚から先に一度身体は閉じている。くらさに慣れ、そこから五感を生まれ直させ、そこで小説における身体（語り手）が獲得されるとすぐさまそれが連動するものとなる。自分になると同時に他者と連動する、「場」において回遊《クルーズ》するものの一部に語り手はなっており、終盤までずっと維持される。これがこの小説の「文体」となり、「僕」も読者もその回遊《クルーズ》の、巻き込まれるものの一部になっている。**流れの中で偶然の一致が起きたみたいに関係が成立しなければならない。あの男も全体の循環の中にいる。また戻ってくるだろう。流れに従いながら、ある瞬間に、逆行する渦をつくる。**『デッドライン』はそうした事後的にわかる「渦」に満ちている。

　性欲が発散されたか明示されないまま、性欲亢進《こうしん》状況の自己のある種の他者感を置き去りにして、映画のロケハンをする次のシーンの鎮静的な風景描写に出会う。映画撮影の本番からわずか事前にズラされたロケハンという行為は、創作物と地続きでありながら断絶がある。ロケハンが必ず映画になるわけではないが、撮影されたあとでは事後的に映画作品の一部をなすことになる。こうした断絶を含む末了（事前）のものを、ただしく末了の感触として描きだす。きほん小説の技術として、目の前に起きていることを起きているままに書くのは不可能で、さらに読者は書かれたものを即時で読むことはできない。映画と同様にライブシステムの欠如は宿命を帯びたかたちで小説に配置されている。それならライブ撮影された執筆状況をライブ配信で、或《ある》いは目前で目にすれば？　ということにもなろうが、そもそも著者や読者の生存は小説の条件になく、私たちは自分の生まれる前に書かれたものをライブとして読み、いま書いたものを死後にもライブとして読まれうる。つまりそうした事後／事前性を踏まえたうえで書かれたテキストでないと読者が活字を追うという僅《わず》かな「いま／現在」を祝福することもむずかしい。小説を書くということはどれだけ即興性や偶発性に身を委《ゆだ》ねていても、そうした小説の時差を前提とした制度にのみこまれる。書かれる前に戻ることはできない。書かれる前にあったものをなるべくそのままのかたちで書いていく未了の感覚を維持するのは技術であり書き手それぞれの身体に応じた操作が必ず発生する。それでも書かれたあとでは事後のものと結びついてしまっている。まるで書かれる前のように書く。こうした時差を前提とすることで、書き手と読み手それぞれがそれぞれに届きえぬ部分が発生し、さらに届きえぬ部分においてのみ交換されるものがある。そこでなされる交換を託されたものが、小説の非ライブ性が要請する外部となり、外部の見つけられない小説が良いということはありえない。

　また「僕」のゲイとしてのありかたは、男性性のものでありながら社会的な制度の一部から剝《は》がされ疎外された、どこか事前性のある存在である（こうした男性性的制度から疎外される感覚は現実の女性にも共通しており、「僕」が潜在的に女性になっているという思考とも関係している）。また文学や芸術への関心もあって「世間一般」の話題からも排除されている「僕」の性のありようは男性性以前の男性のようで、「僕」は男性として男性を欲望する／されると同時に、濃い男性性への憧《あこが》れやそう成れないがために成りたい欲望も同時にある。しかし「僕」の欲望する眼差《まなざ》しの向かう先は、社会制度に回収される部分を含む男性性であるとともに、そうした男性自身では見落とされがちな男性性である。現実の「男性」であるとしても、第二次性徴の定型や社会制度に囚《とら》われ吸い込まれるような受動的で事後的な男性のありかたでしかありえない。「僕」は男性性の事前にあることへの自覚なしには存在できないが、「ノンケ」は男性性の事後にあることを自覚しえない。その行き違いこそに断絶がある。「僕」と「ノンケ」にはあいだがない。したがって関係できない。中間に域するべき男性性など存在しないのだ。ノンケは自らの「身体性」を疑わない。それはマジョリティだからですらなく、そもそも規定しえないものだからではないだろうか？ノンケは自分がノンケであることすら自覚していないわけだが、それは社会や普通に回収されすでに取り戻せない自己同一性でもある。ノンケの眼差しは自分に向かない。向けられないのだ。「僕」は「ノンケは速い」「僕の体は遅い」という感触を語る。

あれは速度なのだ。無限速度。だが僕の眼差しはカーブする。それどころかカーブしすぎて引き返し、眼差しは僕自身へ戻ってきてしまう。僕の眼差しは釣り針のようにカーブして男たちを捕らえ、そして僕自身へ戻ってくる。

僕は、僕自身を見ている。

そしてこれは僕だけのことではないと思う。男を愛する男は多かれ少なかれそういうものじゃないかと思う。

「僕」の視線は誰かに眼差しを向けてもカーブして自分に戻ってくる。「僕」は自分自身のことを語ると同時に語られている。誰かに眼差しを向け、戻ってきた視点として。ノンケの視点は通りすぎてしまうから、見られるという経験は交換されず行き違う。視点のズレかたがけして交わらない。存在しているだけで自らの存在以外のものを疎外してしまう自己のありようを見つめ直すことがない。しかし「僕」はそんな男性に成りたいという欲望と向き合っている。この乖離《かいり》が「僕」を果てのない思考にいざなっている。点をズラしつづければ線になる。しかしズレは直線というわけにはいかず、点そのものが苦しみ迂遠《うえん》にズレつづける。登場人物を語る視点が「僕」に戻るけれど、すこしずつズレてゆく。語りはズラされつづけ、いつしか語られる存在となり、一致しないままズレつづけ、語り手は固有名から逃れ続ける。

しかし近いものは宿命的に選ばれつづけてしまう。一文の次の文は反抗であれ従順であれ前の文をうけて似てしまう。どんどん一行前に似てしまい、勝手に文がひろがって小説になっていく。詩歌よりも長い時間ひたされる「近さ」への志向が小説の根幹にはある。「近さ」において共同的な事実が立ち上がるのであり、そのときに私は、私の外にある状態を主観のなかにインプットするという形ではなく、近くにいる他者とワンセットであるような、新たな自己になるのです。

いつしか能動と受動のどちらでもないような態度で、「僕」は修論のテーマをモースからドゥルーズにシフトする。

「——動物みたいに、ということでしょうか?」

「そうです。テクストが生きている」

「動物になることについての論文を、まさに動物的に書くということですか」

近さにあらがわないこと。厳密には抗《あらが》えないものなので、抗っている振りをしたらそれはその身振りにおいてなにかに似てしまう。小説はそのようにきちんと自分が「誰か」になるために、そうした近さに惹《ひ》かれつづけるための、魅惑的な装置である。一文が一文に似ていって果てしなくつながっていく先は小説でもあり人間（他者）でもあるのだ。いくつもの身体の記憶のなかで、ライブ性を捏造《ねつぞう》するような技術と生理が駆動され、身体と直感によって文章が文章を呼んでいき、「僕」は「誰か」になっていく。「何か」になっていく。**猫の方に意識が行って、魂が抜けたようになって、僕は猫になっていた。**作中で不意に猫を目撃した「僕」の意識が「猫になってた？」と知子に指摘され、「僕」はそれを肯定している。**その視線は、僕の頭よりずっと向こうへと永遠に伸びていくみたいだった。**いつしか語りは知子になっていく。読者は小説を読むうちにだんだん著者と近くなる。そのように著者はだんだん読者に似ていく。両者の意識は小説になっていく。この感覚の心地よさはなんだろう？

『デッドライン』は思考されたものの生々しさが作品全体とわかちがたく、読書体験として心地よさに満ちている。生々しさと心地よさが小説のなかで衝突し、「僕」がドゥルーズの「動物になること」というテーゼにふれたときに感じたようなどこかコミカルな感じをも描出している。全体として力の抜けたズレた雰囲気に包みこまれていて切迫を感じない。この希少な心地よきコミカルの構図は私小説という文脈をズラすことで達成されているようにおもえる。反キャラクターや反カタルシスを前提とし、しかしけしてカウンターとして醸成されるただしき息苦しさではないものがここにある。「身体性」がズラされて、徹底されながら同時に散漫であり、クローズドでありながら同時にオープンであるような志向で、『デッドライン』は既存の小説からほんの少しズレて鮮烈に発光する。

小説は書かれる瞬間に著者によって固められた認識の連続なので、その認識の固まる一瞬とことばが以前の文をうけてあらたな文となる流れをつくる直感がようやく小説を「いま／現在」にする。反対に書き手のなかであらかじめ固まっている認識を巧みに細工するほど読者の認識にとっては遠い事後となり、伏線の回収など記憶や感情の操作がしやすくなる。『デッドライン』の文章は徹底して流れにあらがわないようであり、書かれる前より書かれたあとのほうが認識をほぐして戻してゆくような手触りがある。文章にされることで、より認識がほぐされていく。こうしたブヨブヨした感覚が『デッドライン』という小説を強くしている。いつもどこかしらお行儀のよい反抗という手立てではなく、別の仕方で。

あからさまなアクロバティックではなくよりアクロバットに。二百五十枚くらいの小説というのはある種なんでもできてかつなにかをしなくてもよいギリギリのような分量で、これ以上長くなると小説は既存の体制を積極的に取り込み／取り込まれしていくことになる（キャラクター、文学、政治、歴史、娯楽分野で研鑽《けんさん》された可読的な語りなど）。そうして取り込み／取り込まれする要素は否応《いやおう》なく複数を兼ね、小説は長編小説になっていき、その長さを負う批評性が必ず生じる。『デッドライン』は二百枚小説として悠々と泳ぎ切り、取り込み／取り込まれする体制とは無縁でいて泰然としており、それでいて含まれる要素は豊富で、適切なだけの要素が適切なだけの枚数で展開されているより豊かさを帯びる。小説のロマンシシズムからも離れて、より豊かなほうへ舵《かじ》を切る。

たとえば中盤から登場する純平という人物が連れてくる要素は小説の幹を担《にな》うようではないがいつしか自然に小説に溶け込んでいく。ゲイとして東京でひとり暮らす「僕」の助けとなった現代思想の話が通じているようで通じていない、コミュニケーションになってはいるが通じているのかいないのか微妙という純平のあたたかな他者感は小説の風通しのよさをさらにひきうけてくれる。しかしそもそもは「僕」という語り手にこうした風通しのよい器があり、純平やほかの登場人物があらわれるごとにそれが可視化されているだけなのである。重要なことは、私には決して触れることのできぬ過程によって、私の固有性を開こうとすることだ。*1

ところで、ナショナルチェーンの固有名詞が多用されたり、飲みの場所をめぐっても「野郎っぽいとこ」ではなく「普通にお洒落《しゃれ》なとこ」が選択される『デッドライン』においては、既存の小説的なロマンシシズムに対し「は?」という感覚でズラし、すかしているような部分も見受けられる。小説というとだれもが勝手に連想してしまうがゆえ小説家じしんもあまり自覚していない、男性性的/歴史的ロマン（無頼/崇高）を外している。反逆という定型とも違う、あくまでも「は?」という態度で。それは文学的修辞に凝る素振りのない、ある種そっけないような文章表現とも一致している。そうした小説に既定路線のロマンシシズムとして小説の自由はあり、その自由は『デッドライン』にも徹底されている未了の感覚に代表されたりもするが、ロマンに塗れない自由が『デッドライン』のあらたな感覚としてたしかにある。思考のなまの感触を徹底的に書いてゆく存在として、しぜん浮かんでくるのは保坂和志や山下澄人、そしてその奥に響く声としての小島信夫、ベケット、カフカ、ゴーゴリといった文学の倍音のような声なのだが、『デッドライン』において未了の感覚が強くひびいてくるのにも拘《かか》わらずその奥にある声が異質のものであることに驚く。ドゥルーズの読みに専門性を賭《と》し、それに基づく読書を含む経験と必ずしも基づくわけではない経験、さらにいうなら「身体性」ではなく身体にズラして書かれていく文章には非常にプレーンな倍音を感じる。どんな作家もそれぞれに過去の声を拾い、それぞれに過去の文学を集めてサンプリングしている。声はいつしか勝手に歌を歌う。歌はそのメロディーゆえに強烈にその声の個を主張するが、文学の声はいま生きているわたしたちの身体より前から繋《つな》がっている文学の身体を踏まえてつくられておりつねになにかに近い。歌われた歌と声はわかちがたく切り離すことができない。しかし無条件に肯定された小説的ロマンのような規定路線は、声や身体を既知にして経験にしてしまう。「身体性」が思考を奪う。そうした疑問が身体「性」と「歌」をじょじょにズラしてくれる。小説の一部としておかれた言葉たちに、しばしばひとは身体性やその作家固有の声といった概念で必然性を賭そうとするが、肯定された声は勝手にメロディーを奏《かな》でて歌になってしまう。作家の声の固有性が問われる場面では声を求めると同時に歌を強要している。おなじように「文体」も事後的に発見されるにすぎず、小説と文章もまたわかちがたく文体について言われることの多くはファンタジーにすぎない。『デッドライン』では自分の身体に依《よ》った新しい声を発しながら、どこかでそうした無自覚なロマン、無自覚な肯定をズラし、つややかに「は？」と発する。その声がしぜんに文学の倍音を呼び覚ます。小説を書くものとして『デッドライン』を読むときに、まずある「小説家」というものに付随する身体性を外して考える。肯定と否定のフェーズに拠《よ》らず「小説家」の身体性をズラし、ただの「小説」になれるなら。そうした経験が小説を小説家のものとする。小説家がしていることは常に生活であって、小説家は生活の場がたまたま小説制作に適《かな》う条件を満たすまで待つことしかできない。この待つという文脈の多様なありかたをわかってはじめて、小説家は待つことができる。すると勝手に文章は小説に成る。待つことではじめて渦が発生し、文章がしぜんに小説に成る。『デッドライン』以前では、小説は待つことの多様性を一部そこなっていた。

千葉雅也はかねてから小説を書きたいという旨《むね》の発言をしていて、自分はどこで読んだのかもう忘れてしまったが、千葉は小説に近さか遠さのどちらかを極端に自覚しているみたいだな、と認識していた。しかしこの評を書いているいまになって考え直すと、千葉は近さと遠さをどちらも持っていたのだと思える。それは著者と読者の境界がないような印象だ。『デッドライン』にある生々しくも心地よい感触は、近さと遠さの共存にも起因している。近いものであり遠く、遠いものであり近いのなら、それは心地よさに他ならない。評者として以前に読者として『デッドライン』を読んでいるときはあまりにも近いような気がした。それゆえ評者としては遠かった。迂遠にズラしつづけること、だらだらと考えつづけること、期待やゴシップとも無縁の領域でただ待つということ。これが『デッドライン』に近づくための第一歩だったとおもえる。「僕」はさまざまに近いものの視点を獲得しつつカーブして「僕」に戻る。そうしたカーブの連続でズラされた身体は読者としてのすべてが「僕」であるような一体感を感じたりもするのだが『デッドライン』には読者に知覚しえぬものがある。

シークエンス6で「君」への呼びかけがさしはさまれる。その対象はあいまいだ。ラーメン屋で「僕」が欲望の眼差しを向ける男性？　中学時代に「僕」が恋愛感情をむけた女性？

論文は第二章がまったく進んでいない。「少女の尻尾《しっぽ》」と表現される決定的な謎《なぞ》。ところが、まず最初に身体を盗まれるのは少女なのである。そんなにお行儀が悪いのは困ります、あなたはもう子供じゃないのよ。出来損ないの男の子じゃないのよ……。最初に生成変化を盗まれ、一つの歴史や前史を押しつけられるのは少女なのだ。次は少年の番なのだが、少年は少女の例を見せつけられ、欲望の対象として少女を割り当てられることによって、少女とは正反対の有機体と、支配的な歴史を押しつけられる。

「僕」にとって「少女の尻尾」とはなんだったのか？ その解は明示されない。小説には「結論」はないのだ。ここからば読者こそがその先へ進まなければ。

つまり少女は最初の犠牲者でありながら、もう一方では模範と罠《わな》の役割も果たさなければならないということだ。*2

少女が女性になるのではなく、女性への生成変化が普遍的な少女を作り出すのだ。*3子供が大人になるのではなく、子供への生成変化が普遍的な少年を作り出すのだ。生成変化そのものが少女や子供なのである。*4

「読者」は少年の尻尾を追うべきかもしれない。割り当てられ押しつけられた欲望で罠に嵌《はま》り、自分自身になったつもりでいる。それが思考をことごとく疎外する。少女の謎を追う「僕」を追って「読者」は少年の謎を追う。小説は「この現実」と地続きであるためのほんのすこしの可能性を言祝《ことほ》ぐが「読者」は常に「読者」の都合で小説を切り上げて自分自身に戻っていく。読了という事後性に向けてズレていく。どこかで自分自身に戻らなければ「読者」はないが、それは割り当てられた自分自身でしかありえず、行き着く先はない。しかし『デッドライン』という作品は小説が小説であることを言祝いでいる。つまり著者と読者のそれぞれの届きえぬものが関係しつづける小説特有の、「僕」と知子の秘密のごとき場所がべつにある。それはどこか。

「僕」はすでに女性への生成変化を遂げているのかもしれない。男性に欲望する／される、男性性のものに成ることを欲望する「僕」にとっての少女とはなんなのか？「僕」には現実の女性に欲望を向けたかつての思い出がある。しかしそれは「君」としての「僕」だったのかも？

「僕が君だとしたら？」

この謎さえとければ。閃《ひらめ》きが後押しすれば一気に書けるのかもしれない。数年前に「僕」がものした卒論がそうであったように。この状態は苦しい。書かなければいけないものが書けていない、読者としては「書けない」ものを読むわけにはいかないがあらゆる書き物において「書けなさ」は事後的にふくまれている。これが『デッドライン』の外部になる。小説が人間のようでありながら人間のようでない部分をもひきうける外部である。

修論の締め切り《デッドライン》の朝、半ば危惧《きぐ》されていたものでありながら、とつぜんのように起こる父親の会社の倒産と、窮地にたった際に起《た》ちあがる母親のママ（勇者）感。まがうかたなきピンチにおいて各々《おのおの》のある極が剝《む》き出しになる。そして結局修論は書けず、「僕」は沈痛のなかで年を越す。もう今までのような援助は得られないのだから、かかる金銭や物を縮小させ、ズレを身の丈に引き寄せて自分自身に合った生活をしていかなければ。なにしろ、修論は書けなかったのだから。

くらくあけた「僕」を襲う「書けなさ」。では書き手にとっての「書けなさ」と、読者にとっての「書けなさ」とは、いったいなんなのだろうか？　読者とは書かれた文章を読む存在でしかありえず、当然ながら書かれない文章には読者はない。読者には書かれた文章を読むという経験以外はなく、「書けなさ」を読むことはない。どれだけ「書けない」と言われていても読むのは書けたものばかりである読者にとってのボーダーライン、あるいは生成変化の行き着く先。それは書き手の「書けなさ」ではなかろうか。小説家の「書ける！」の享楽《きょうらく》をズラし、「書け（る）さ」の享楽と同時に「書けなさ」の抑鬱《よくうつ》を読む。読者の身体はズレてゆき、著者と交換されないままの関係をつづける。「僕」は宣言する。

僕は線になる。

自分自身が、自分のデッドラインになるのだ。

同時に「君」は君自身になる。「著者／読者」の／を取り外された君が、あらたにこの小説を引き受ける。デッドラインの強度になっていく。

＊1　平倉圭『かたちは思考する　芸術制作の分析』東京大学出版会、二〇一九年、二三九頁
＊2　ジル・ドゥルーズ＋フェリックス・ガタリ『千のプラトー』中巻　宇野邦一ほか訳、河出文庫、二〇一〇年、二四三頁
＊3　前掲書、二四四頁
＊4　前掲書、二四四―二四五頁

（「新潮」二〇二〇年一月号より転載、作家）

この作品は二〇一九年十一月、新潮社より刊行された。

デッドライン

新潮文庫　ち－9－1

令和四年九月一日発行

著者　千《ち》葉《ば》雅《まさ》也《や》

発行者　佐藤隆信

発行所　株式会社新潮社

郵便番号　一六二―八七一一
東京都新宿区矢来町七一
電話　編集部(〇三)三二六六―五四四〇
　　　読者係(〇三)三二六六―五一一一
https://www.shinchosha.co.jp

価格はカバーに表示してあります。

乱丁・落丁本は、ご面倒ですが小社読者係宛ご送付ください。送料小社負担にてお取替えいたします。

印刷・大日本印刷株式会社　製本・加藤製本株式会社

ISBN978-4-10-104161-2　C0193